Lionel Shriver
Die perfekte Freundin

PIPER

## Zu diesem Buch

Weston liebt Paige, doch als es daran geht, sich ein gemeinsames Leben aufzubauen, verlangt sie von ihm ein Opfer: Vor der Heirat soll sich Weston von seiner langjährigen Freundin – und Ex-Flamme – Jillian lossagen, die Paige schon immer etwas zu einnehmend, zu schillernd, kurz: zu gefährlich fand. Weston drückt sich nach allen Regeln der Kunst, doch Jillian merkt, dass ihr der Freund entgleitet. In einem Akt der Verzweiflung schenkt sie den Verlobten eines ihrer Kunstwerke, eine Installation. Für Paige aber bestätigt diese Geste nur, dass ihre Forderung allzu berechtigt ist: Wer, wenn nicht eine unheilbare Egozentrikerin, macht einem Paar ein solches Geschenk?
Lionel Shrivers brillanter Beziehungsroman über Eifersucht, Vereinnahmung und Vertrauen greift eine Geschichte auf, die so alt ist wie die Liebe selbst.

»Ein fesselndes Psychostück, bei dem Sie zweifeln werden, auf welcher Seite Sie stehen.« *Barbara*

»Großartig erzählt von Lionel Shriver, die aus einer solchen Story ein psychodramatisches Meisterstück macht.« *NDR Kultur*

*Lionel Shriver*, geboren 1957 in Maryland, USA, wurde für ihren in 25 Sprachen übersetzten Roman »Wir müssen über Kevin reden« mit dem *Orange Prize for Fiction* ausgezeichnet. Auch ihr Roman »Liebespaarungen« erhielt international höchstes Kritikerlob und stand wochenlag auf den Bestsellerlisten. Zuletzt erschien »Eine amerikanische Familie«.

Lionel Shriver

# Die perfekte Freundin

Roman

Aus dem Amerikanischen von
Christine Richter-Nilsson

PIPER

*Mehr über unsere Autorinnen, Autoren und Bücher:*
*www.piper.de*

Wenn Ihnen dieser Roman gefallen hat, schreiben Sie
uns unter Nennung des Titels »Die perfekte Freundin«
an *empfehlungen@piper.de*, und wir empfehlen Ihnen
gerne vergleichbare Bücher.

Von Lionel Shriver liegen im Piper Verlag vor:
Wir müssen über Kevin reden
Liebespaarungen
Dieses Leben, das wir haben
Großer Bruder
Eine amerikanische Familie
Die perfekte Freundin

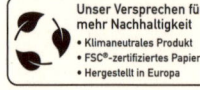 

Ungekürzte Taschenbuchausgabe
ISBN 978-3-492-31879-2
März 2022
© Lionel Shriver 2018
Titel der amerikanischen Originalausgabe:
»The Standing Chandelier« aus dem Erzählungsband
»Property« bei HarperCollins, New York 2018
© der deutschsprachigen Ausgabe:
Piper Verlag GmbH, München 2020
Umschlaggestaltung: Cornelia Niere
Umschlagabbildung: Cathy Lomax / Bridgeman Images
Satz: Satz für Satz, Wangen im Allgäu
Gesetzt aus der Whitman
Druck und Bindung: CPI books GmbH
Printed in the EU

*In unendlicher Dankbarkeit für Jeff und Sue.*
*Es geht hier nicht um euch.*

Es verwirrte Jillian Frisk, abgelehnt zu werden. Doch offenbar verwirrte es sie nicht genug, denn wenn sie so darüber nachdachte, war sie ständig versucht, den Standpunkt ihrer Verleumderin einzunehmen. Immer war es eine andere Frau, und vielleicht hatte das für sich genommen schon etwas zu bedeuten, etwas nicht besonders Erfreuliches. Neulich jedenfalls war ihr die Aversion einer Frau aufgefallen, und jetzt fühlte sie sich unwohl, war ratlos und verstört, ja sogar ein wenig ängstlich. Gelähmt. In Anwesenheit ihrer Verleumderin spürte sie das dringende Bedürfnis zu widerlegen, was angeblich so abscheulich an ihr war. Doch was auch immer sie sagte oder machte, immer bestätigte sie unfreiwillig ebenjene Eigenschaft, die die Fehlerfinderin nicht an ihr ausstehen konnte. War es ihre Eitelkeit oder ihre exzentrische Art? Ihr theatralisches Getue?

Denn zum Unbeliebtsein gehörte unbedingt, dass man sich den Kopf darüber zerbrach, was es wohl sein könnte, das die anderen so schrecklich verstimmte. Sie sagten es einem ja fast nie direkt ins Gesicht, und so blieb man auf einer wachsenden Liste unausstehlicher Charakterzüge sitzen, die man *für diese Leute zusammenstellte.*

Also stufte Jillian ihre Garderobe von *ausgefallen* auf *farbenfroh* oder sogar *gewöhnlich* herunter und bemerkte auf einmal, dass ihre schrillen Secondhandoutfits mit den Samtwesten, breiten Gürteln, Stufenröcken und ausreichend vielen Schals, um Isadora Duncan mindestens drei Mal zu töten, als Ausdruck *gefallsüchtigen Verhaltens* verstanden werden könnten. Für die Argwöhnischen war eine klare, kraftvolle Stimme einfach nur *laut*, aber wann immer sie ihre Lautstärke drosselte, um besser keinen Anstoß zu erregen, wurde sie direkt unhörbar, was auch unerträglich war. Außerdem war sie offenbar nicht in der Lage, mehr als eine halbe Stunde ihren Kopf einzuziehen und ein unscheinbares Benehmen an den Tag zu legen, ohne dass es sich anfühlte, als würde man ihre Seele binden wie die Füße einer Chinesin. Zweifelsohne waren ihre ausholenden Gesten, wenn sie überschwänglich wurde, *pathetisch*. Wenn sie wieder einmal ein schwelender Blick von der anderen Seite des Tisches traf, presste sie ihre Hände in den Schoß, wo sie dann wie eingesperrte Vögel flatterten. War sie nur einen Moment lang unaufmerksam, entkamen die verflixten Extremitäten und schleuderten ihre Serviette zu Boden. Dann hörte sie, wie ihr vollkehliges Gelächter in ihren eigenen Ohren als *lästiges Lachen* widerhallte. (Was kann man schon gegen ein lästiges Lachen machen? Aufhören, etwas lustig zu finden?) Und es blieb nicht dabei, dass sie all diese entsetzlichen Attribute verkörperte, allein die Gegenwart eines Menschen, der sie nicht leiden konnte, ließ sie noch dicker auftragen und in die abstoßende Rolle der Nervösen und Reumütigen schlüpfen, nach dem selbstzerfleischenden Motto: Wenn du sie nicht schlagen kannst, dann schlag dich auf ihre Seite.

Doch inzwischen hätte es Jillian besser wissen müssen, nachdem sie lange genug die ganze Bandbreite von Abneigung bis Abscheu (selten jedoch Gleichgültigkeit) ausgehalten hatte. Das mag selbstverständlich klingen, aber wenn die Leute dich nicht leiden können, dann können sie *dich* nicht leiden.

Das heißt, den Anstoß gab nicht eine Reihe von identifizierbaren Gewohnheiten, Glaubensvorstellungen oder Charakterzügen, beispielsweise die Vorliebe, sich übermütig mit der Hüfte gegen einen Schalter zu lehnen, als wäre man rattenscharf, oder die inflationäre Verwendung des Wortes *fantastisch*, oder die fehlgeleitete Überzeugung, dass Wahlverweigerung eine politische Aussage darstelle, oder die Neigung, eher zögerliche Mitmenschen mit dem plötzlichen Vorschlag zu überrumpeln, am selben

9

Nachmittag noch campen zu gehen, und ihnen dann das Gefühl zu geben, sie wären Spielverderber, wenn sie nicht mitkämen. Nein, es war die Gesamtsumme, die den Ärger auslöste, der Gesamteindruck, der Wesenskern, auf den alle Anzeichen zurückzuführen waren.

Selbst wenn Jillian mit zusammengepressten Lippen stillhielt, zog sie den Hass ihrer Kollegin Estelle Pettiford auf sich, die wie Jillian ein paar Handwerkskurse beim Sommercamp in Maryland geleitet hatte und deren Vorstellung von spannender Freizeitbeschäftigung für Fünfzehnjährige darin bestand, im Juli Weihnachtsbäume aus Telefonbüchern zu basteln. Estelle hätte sie bis in alle Ewigkeit gehasst, auch wenn das Objekt ihrer Abscheu keinen Finger mehr gerührt und keine Silbe mehr von sich gegeben hätte. Das war es eben, was Jillian am Unbeliebtsein so erschütterte: Es gab kein Heilmittel dagegen, keine Chance, eine Antipathie in Nachsicht oder gesunde Gleichgültigkeit zu verwandeln. Was diese Leute in den Wahnsinn trieb, war einfach nur dein Dasein, und selbst wenn du dich umbrächtest, würden sie sich darüber ärgern. Über den Versuch, noch mehr *Aufmerksamkeit zu erregen*.

Der vorschnelle Standardratschlag lautete: einfach ignorieren. Alles klar. Außer dass es unmöglich ist, die Tatsache abzuschütteln, dass dich jemand verachtet. Das zu erwarten war unmenschlich. Und so wurde man nicht nur von jemandem gehasst, sondern es machte einem obendrein auch noch etwas aus, und das sollte es offenbar nicht. Dass es dich störte, ließ dich nur noch verabscheuungswürdiger erscheinen. Deine Unfähigkeit, die Feindseligkeit des anderen auszublenden, war ein weiterer Beweis dafür, dass etwas nicht in Ordnung war mit dir. Denn das war ja eben der Punkt: Diese ablehnende, hämische Haltung schien immer mehr Schlagkraft zu besitzen als die Zuneigung aller anderen, die dich entzückend fanden. Deine Freunde waren die Gelackmeierten. Die Nörgler wussten, wo du wohnst.

Da war auch Linda Warburton, eine Kollegin aus ihrer Zeit als Touristenführerin im Stonewall Jackson House, die sich jedes Mal unglaublich aufgeregt hatte, wenn Jillian in der Personalküche eine Kanne starken Kaffee zubereitete – und bei Jillian wurde immer alles stark –, weil sie ihren Java-Kaffee eher schwach trank. Doch Jillians Bemühungen, es allen Geschmäckern recht zu machen und Extrawasser aufzukochen, damit die Kollegin ihre Tasse Kaffee nach Herzenslust verdünnen konnte, schienen die pummelige, vorzeitig gealterte Fünfundzwanzigjährige in noch heftigere Antipathie zu treiben: Linda reichte tatsächlich eine formelle Beschwerde bei der Tourismusbehörde des Staates Virginia ein und bemängelte, dass Jillian Frisk das Häubchen zu ihrem

Kostüm »auf historisch inkorrekte Weise in frecher Schräglage« trage.

Und dann gab es Tatum O'Hagan, die anhängliche, unfähige Mitbewohnerin von 1998, die mit Jillians Einzug gleich ihre Busenfreundin hatte werden wollen – ehrlich gesagt ging der Austausch von Vertraulichkeiten beim Browniebacken irgendwann zu weit – und die, nachdem Jillian gnädigerweise doch noch etwas von sich offenbart hatte, ihre Gegenwart mit einem Mal so unerträglich fand, dass sie einen Stundenplan entwarf, an welchen Abenden die eine oder die andere das Wohnzimmer belegen und von wann bis wann die eine oder die andere kochen durfte.

Vor nur zwei Jahren war die beflissene Olivia Auerbach dazugekommen, eine weitere unbezahlte Organisatorin der jährlichen Maury River Fiddler's Convention, die ihr vorwarf, »die Musiker vom Üben abzuhalten« und »die Grenzen der zwangsläufig bescheidenen Rolle einer freiwilligen Helferin zu überschreiten«. (Und wie: Jillian hatte eine knisternde Affäre mit einem Teilnehmer aus Tennessee, der nicht nur mit seinem Bogen zu fiedeln verstand.)

Groß und schlank, mit hennaglühendem Haar, das in einem dichten Schopf bis zur Hüfte reichte, fiel es Jillian schwer, nicht aufzufallen, und dafür konnte sie nichts. Sie ging davon aus, dass sie hübsch war, obwohl dieses Adjektiv mit einer Verjährungsfrist einherging. Mit dreiundvierzig war sie wahrscheinlich bereits auf *attraktiv* herabgestuft worden und bereitete sich nun, da ihr mit der Menopause das geschlechtsneutrale Kompliment blühte, auf *gut aussehend* vor; und meine Güte, danach war es wirklich nicht mehr weit bis *gut gehalten.* Sie hätte also allen Grund gehabt, die erstaunlich regelmäßig auftretende Feindseligkeit seitens dieser Frauen als zickige Demütigung auf einem Laufsteg abzutun. Wenn Jillian sich aber in Lexington umsah, wo jeden Herbst eine neue Welle von bezaubernden Studienanfängerinnen den Campus der Washington and Lee Universität flutete, die ihr jedes Jahr jünger vorkamen und sie mit ihrem eigenen Verfallsdatum konfrontierten, war sie von der Fülle an schönen Frauen in der Welt eingeschüchtert, von denen ja wohl nicht alle Zielscheiben unerbittlicher Feindseligkeit sein konnten. Im Gegenteil, in ihren Highschool-Tagen in Pittsburgh, als Jillian noch schlaksig gewesen war und unter ihrer Größe gelitten hatte, rotteten sich die Studentinnen zusammen, allesamt sonnige blonde Sexbomben, die meist den Ruf genossen, freundlich und großzügig zu sein, nur weil sie ihr Lächeln verschenkten. Jillians Problem war nicht ihr Aussehen, oder zumindest nicht ihr Aussehen allein, obwohl ihr Haar an sich und ohne ihr Zutun schon eine Botschaft aussandte. Jillian hatte Haare, denen man gewachsen sein musste.

Im Rückblick war es extrem naiv gewesen, in den frühen Tagen der sozialen Medien Fotos von ihren selbst gebastelten Kreationen zu posten und dann ein paar wohltuende Reaktionen wie »süß!« oder »super!« zu erwarten – oder eben keine Reaktion, was auch in Ordnung gewesen wäre. Wenn ihr selbst getöpfertes Geschirr sich dagegen Kommentare einhandelte wie »du hast kein Talent, du Scheißamateur« oder »zertrampeln und dann auf den Müll mit diesem grauenhaften Pfusch«, zuckte Jillian zurück, als hätte sie eine heiße Herdplatte berührt. Als die Kommentare bei anderen regelmäßig zu Vergewaltigungsdrohungen ausarteten, hatte sie ihre Konten längst gelöscht.

Einige Menschen schien es zu ärgern, dass Jillian eine bekennende Dilettantin war. Sie brachte sich aus einer frivolen Laune heraus ein bisschen Italienisch bei, aber nicht, weil sie einmal nach Rom fahren wollte, sondern weil ihr der melodiöse Klang des expressiven *Mamma mia* gefiel oder die wie Kohlensäure sprudelnden Worte für »kleiner Stift«: *piccola matita*. Diese Phase hatte keinen bestimmten Zweck, und das eben war der Punkt. Jillian verfolgte Zwecklosigkeit als Selbstzweck. Sie hatte einige Jahre für die Einsicht gebraucht, dass es ihr so schwerfiel, eine berufliche Laufbahn einzuschlagen, weil sie gar keine wollte. Umgeben von ehrgeizigen Machern, ließ sie ihnen gern ihre Ziele, ihre Laufbahnen, ihre Hoffnungen, ihr fieberhaftes Schuften auf irgendeine ferne Bestimmung hin, die sie zwangsläufig enttäuschen würde, wenn sie überhaupt jemals einträte. Manche mussten die Welt eben dort auskosten, wo sie sich gerade befanden, anstatt aus dem Autofenster zu starren und sich immer wieder loszureißen. Dahinter verbarg sich weniger eine festgelegte Einstellung als ein Hang zu Trägheit oder sogar Faulheit. Jillian hatte sich fröhlich damit abgefunden. Sie war weniger darauf aus, jemanden zu bekehren, als einfach mit den Entschuldigungen aufzuhören.

Es war schon komisch, wie sehr sich einige Leute davon provoziert fühlten, wenn man nicht »etwas aus sich machen« wollte, weil man schon etwas war und nicht den Wunsch verspürte, sich zu ändern, oder wenn man freudestrahlend erklärte, dass man »alles in allem ziellos« sei, und dabei durch den eigenen Stimmfall andeutete, sich nicht dafür zu schämen. Vor Kurzem war Jillian an der Bar eines Bistros auf der Main Street darüber unterrichtet worden, dass es sich für eine kostspielig ausgebildete Frau aus der gehobenen Mittelklasse und mit großartigen »Möglichkeiten« nicht schickte, kein anderes Ziel zu haben, als sich zu amüsieren. Das sei schlichtweg »unamerikanisch«.

Jillian besaß die Art von Charme, die sich abnutzte. Das war zumindest ihre Theorie, nachdem sie genügend romantische Diminuendos hinter sich gebracht hatte. Selbst für Typen, deren Männlichkeit jeden ausgewachsenen anaphylaktischen Schock einer allergischen Reaktion in die Schranken verwiesen hätte, war der Überfluss ihrer spielerischen kleinen Projekte, mit denen sie nie einen Namen zu erlangen oder eine Galerie zu finden oder eine Kritik in der *Roanoke Times* zu bekommen gedachte, auf den ersten Blick vielleicht unterhaltsam und sogar ein bisschen hinreißend. Mit der Zeit aber wirkte sie nur noch kindisch oder durchgeknallt oder peinlich, und die Männer zogen weiter.

Mit einer entscheidenden Ausnahme.

Sie begegnete Weston Babansky in einem schlechten Kurs zu englischer Literatur an der Washington and Lee. Der Lehrer war alles andere als organisiert und murmelte immer vor sich hin, sodass schwer zu sagen war, ob er sich gerade an die Klasse wandte oder mit sich selbst sprach. Es beeindruckte sie, dass Weston – oder »Baba«, wie sie ihn nach einem ersten Kennenlernen getauft hatte – ungern mit den anderen Studenten über Steve Reardons katastrophale Seminare herzog. Sie schimpften immer darüber, dass sie für dieses wirre Geschwafel auch noch hohe Semestergebühren bezahlten, und allein die Lust, mit der sie dies taten, konnte der Grund dafür sein, dass sie nicht absprangen. Stattdessen zeigte Baba Verständnis. Beim ersten gemeinsamen Kaffeetrinken erklärte er Jillian, dass vieles, was Reardon sagte, eigentlich ganz interessant sei, wenn man nur richtig zuhörte. Das Problem sei, dass eine Qualifikation als Akademiker nicht automatisch bedeutete, dass man auch für die Bühne gemacht sei, und Unterrichten sei nun einmal Theater. Er selbst würde da vorn nicht viel besser abschneiden, fügte er an und hatte damit wahrscheinlich recht. Weston Babansky war introvertiert, nachdenklich und mied das Rampenlicht.

Da Jillian bereits mehrere Abneigungsattacken überstanden hatte, schätzte sie Babas Sensibilität, obwohl es an diesem Mann, der drei oder vier Jahre älter war als die meisten ihrer Kommilitonen, nichts Weiches oder Feminines gab. Kaum hatte er eine Meinung zum Ausdruck gebracht, wusste er schon, wie sich die Empfängerseite fühlte, als wäre er Wile E. Coyote und würde ein Gewehr mit einem U-förmigen Lauf abfeuern. Und so kreisten ihre Gespräche neben vielen anderen Themen immer wieder um eines: wie fahrlässig die Leute heutzutage mit ihren Antipathien umgingen, wie sie ihre Beschimpfungen einfach zum Spaß herausschleuderten und wie Säure wahllos in alle Richtungen versprühten, als verübten sie einen Anschlag auf einem belebten öffentlichen Platz. Pure Gemeinheit war zu einer vertrauten Form des Umgangs geworden. Seitdem kein Zweifel mehr daran bestand, dass die Ablehnung ihrer eigenen Person, von der sie wusste, von dem massiven Gespött hinter ihrem Rücken, von dem sie nichts Genaueres wusste, in den Schatten gestellt wurde, hatte Jillian einen immer stärkeren Widerwillen entwickelt, selbst gegen Prominente eine Antipathie zu hegen. Dabei würden Popstars, Politikerinnen, Schauspieler oder Nachrichtensprecherinnen, deren hohes öffentliches Ansehen sie vermutlich zu Vogelfreien machte, den Unterschied nicht einmal bemerken. Manchmal ertappte sie sich bei den Worten: »Oh, ich kann den nicht ausstehen«, um die Verurteilung dann sofort mit den Ohren des Opfers zu hören und zurückzuschrecken.

Es stellte sich heraus, dass Baba aus dem Norden stammte und, was die eigene Zukunft betraf, genauso ahnungslos war wie sie. Und das Beste: Beide waren auf der Suche nach einem Tennispartner, und zwar idealerweise nach jemandem, der einen nicht gleich verächtlich abhakte, wenn mal eine wilde Vorhand über den Zaun flog.

Siehe da, sie passten vom ersten Schlag an perfekt zusammen. Beide nahmen sich viel Zeit zum Aufwärmen, schätzten Scharfsinnigkeit und Stärke gleichermaßen. Lieber schlugen sie den Ball stundenlang übers Netz, als ein formales Match zu spielen. Trotzdem rangen sie um einzelne Punkte, die gewonnen oder verloren wurden, aber niemand zählte mit – ein weiteres Beispiel für Jillians bezweckte Zwecklosigkeit. Es schadete auch nicht, dass Baba gut aussah, allerdings auf jene schüchterne Art, die von den meisten übersehen wurde. Diese sehnigen, geschmeidigen Gliedmaßen eines geborenen Tennisspielers. Er kämpfte erbittert, schlug hart auf, war auf dem Spielfeld ganz und gar ruchlos, aber sein Killerinstinkt verpuffte in dem Moment, in dem er durch das Maschendrahttor nach draußen trat. Jillian nutzte seine Neigung, sich wegen der Fehler, die ihm aus Leichtsinn unterliefen, über sich selbst aufzuregen. Nachdem drei oder vier seiner Rückhände hintereinander das Netzband gestreift hatten, begann er, die Schwerstarbeit für sie zu machen: Er schlug sich quasi selbst. Baba war kompliziert – und komplizierter, als es die anderen wahrhaben wollten, mit einem gewissen Hang zur Depression, wozu er sich grundsätzlich auch bekannte, ohne sich jemals aufzudrängen.

Außerdem fand sie seine unterschwellige Unsicherheit in Gesellschaft liebenswürdiger als all die Mühelosigkeit der Anekdotenerzähler und Lebemänner, die bei jeder Party ihre Klingen schärften und überall ihren Senf dazugaben. Baba verschlug es oft die Sprache, und dann sagte er eben nichts. Von ihm lernte sie, dass Schweigen nicht demütigend

sein musste, und erlebte einige ihrer überschwäng-
lichsten Momente in stiller Eintracht.

Baba war eine Art Einsiedler. Er hatte einen unge-
regelten Tagesrhythmus und arbeitete am besten um
vier Uhr morgens. Wäre der Tennisplatz nachts nicht
geschlossen, würde sie ihm nie einen Punkt abnehmen können, witzelte Jillian. Sie war geselliger als
er, und nachdem sie sich beim Hin- und Herschleu-
dern der Bälle verausgabt hatten, war sie es, die bei
ihrer ritualisierten Nachbesprechung auf der Bank
am Platzrand die neuesten Geschichten auspackte.
Für einen Mann war er ungewöhnlich fasziniert
davon, seinem Gegenüber feinste Gefühlsregungen
zu entlocken. So nutzten sie sich gegenseitig als
Resonanzboden für die wechselnden Freunde und
Geliebten. Baba war weder beunruhigt noch überrascht, als einer Studentin aus dem Abschlussjahr-
gang Jillians Anwesenheit auf ihrer Etage des Stu-
dentenwohnheims plötzlich so verhasst war, dass sie
sofort in ihr Zimmer zurückstolzierte, sobald diese
die Gemeinschaftsräume betrat. »Du isst eben gern
kräftige Sachen«, sagte er, »und einige Leute mögen
keine Sardellen.«

»Leber«, wies Jillian ihn lachend zurecht. »Wenn
ich hereinkomme, benimmt sie sich, als hätte ihr
jemand einen Batzen zerkochte, körnige, stinkende
Innereien vorgesetzt.«

Tatsächlich war nie ganz sicher, welcher Form der

Begegnung sie schließlich den Vorzug gaben: ihrem Schlagabtausch auf dem Tennisplatz oder der trauten Zweisamkeit danach. Das eine wie das andere schien nur die Fortsetzung der Konversation mit anderen Mitteln zu sein. Just an dem Tag, als Baba auf einen drängenden Annäherungsschlag einen kurz gesetzten Heber übers Netz folgen ließ, stellte er auf ihrer Bank sitzend die Frage, ob es sich überhaupt lohnte, seinen Collegeabschluss an der William and Lee zu machen (er brannte für Computernetzwerke und damit für einen Bereich, der sich in so schnellem Wandel befand, dass das meiste, was er im Studium lernte, schon veraltet war), woraufhin Jillian mit einem großartigen Fünf-Minuten-Rezept für Parmesanhühnchen herausplatzte, das sie gerade entdeckt hatte. Der Konversationsball jagte durch alle vier Ecken ihres Lebens, sprang von hochtrabenden Spekulationen darüber, wie ein Leben nach dem Tod – oder womöglich ein Leben vor dem Leben – zwingend daraus folgen müsse, dass Energie weder erzeugt noch zerstört werde, zu einzelnen Beiläufigkeiten, zum Beispiel, dass Jerry Springer im ersten Moment noch den Reiz der Affektiertheit ausstrahle, bis man ihn nicht mehr ertragen könne. Erst mit Baba ergründete Jillian zögerlich, dass sie vielleicht gar nichts *sein* wollte, was sie nicht schon war, und zog zum ersten Mal die Möglichkeit in Betracht, jenseits der Grenzen der aufgeblasenen und überwiegend unechten Kunstwelt tätig zu werden. Sie waren sich einig darüber, dass es wichtig war, Herr oder Herrin des eigenen Lebens zu sein, der eigenen Zeit. Die Vorstellung, sich als Angestellte jeden Tag von neun bis fünf abzurackern, ließ sie beide erschaudern.

Jillian entschied sich schließlich für eine hinreichend diffuse Mischung aus sich gegenseitig befruchtenden künstlerischen Studienfächern (ein thematisch einschlägiger Start in ihr Erwachsenenleben, diente er doch keinem weltlichen Zweck), während Babas Hauptfach eher naturwissenschaftlich ausgerichtet war (später konnte sie sich nicht mehr erinnern, was genau er studiert hatte). Nach ihrem Abschluss trieb sich Jillian in Lexington herum und paukte mit hinterherhinkenden Schülern an der örtlichen Highschool Grammatik, Wortschatz und Mathematik, um sie auf den Hochschulzulassungstest vorzubereiten. Das war Mitte der neunziger Jahre, als das Internet gerade richtig in Schwung kam, und als freiberuflicher Webdesigner schnappte sich Baba mit Leichtigkeit so viele Aufträge, wie er Lust hatte. Und so hatten sie von Anfang an Jobs, wie man sie überall finden konnte.

Konnte man überall sein, konnte man ebenso gut bleiben, wo man war. Lexington war ein angenehmes College-Städtchen, mit seiner repräsentativen Kolonialarchitektur und der Energie, die Touristen und

Bürgerkriegsenthusiasten jeden Tag aufs Neue mitbrachten. Überdies herrschte in Virginia von Frühling bis Herbst ein durchgehend mildes Klima. Und was vor allem zählte, außer Jillians sinnlosen, sonderbaren Projekten – die handgenähten Vorhänge mit den kitschigen Quasten etwa oder die Collage aus schrägen Schlagzeilen (»Frau klagt gegen ihre Geburt«) –, war die Aussicht darauf, dreimal die Woche mit dem idealen Partner Tennis spielen zu können.

Als Absolventen hätten sie auf den Tennisplätzen des Colleges weiterspielen dürfen, doch weil sie das ständige Warten auf die anderen Teams leid waren, zogen sich die zwei zurück und gingen nun lieber zur Rockbridge County Highschool. Dort gab es drei muffige, eher abgelegene öffentliche Plätze, von hohen Bäumen gesäumt und mit genau so vielen Rissen im Belag, dass Überraschungen möglich blieben (oder man seine Fehler darauf schieben konnte). Besonders im Sommer zogen sie sich für ein oder zwei Stunden auf die Bank zurück und träumten, während die schwüle Südstaatenluft sich wie Kissen um sie legte. Jillian rieb sich dann den kristallisierten Schweiß von den Armen, leckte manchmal sogar daran und sagte, nun sei sie »ein menschlicher Tortilla-Chip«. Sie tauschten immer noch Rezepte aus und verrissen Fernsehsendungen, aber die meiste Zeit kreisten ihre Gespräche darum, wie mysteriös doch alle anderen waren.

»Okay, ich weiß, ich hab gesagt, ich würde es nicht tun, aber du hast es prophezeit, und du hattest recht«, nahm Jillian den Faden wieder auf. »Ich habe am Freitag mit Sullivan geschlafen. Und es war nicht schrecklich oder so, aber jetzt kommt's: Als es, ähm, zur Sache ging, verkündete er plötzlich aus vollem Hals: ›Ich bin so erregt!‹ Immer und immer wieder. *Erregt*, wer sagt denn bitte so was?«

»Leute sagen beim Sex alles Mögliche«, räumte Baba ein. »Man muss doch sagen dürfen, was man will. Vielleicht solltest du nicht so streng mit ihm sein.«

»Ich meine das nicht als Kritik. Es klingt nur so geistesabwesend. So distanziert. Als würde er sich selbst beobachten, oder … Die meisten Leute werden ja bei Sachen scharf, die in der Pubertät passiert sind oder sogar noch früher, aber ›ich bin so erregt‹ klingt einfach nur übertrieben erwachsen. So unlocker und formell, fast dritte-Person-mäßig. Das ist doch nicht normal, oder?«

»Normal gibt es nicht.«

»Du kannst dir gar nicht vorstellen, wie *unerregend* es ist, offiziell darüber informiert zu werden, dass dein Partner gerade *erregt* ist. Na ja, wenigstens hat Sullivans Ekstase Andrew Carter geschlagen. Der Typ stöhnte immer: ›Oooh, Baby! Oooh, Baby, Baby, Baby!‹ Das fand ich gruselig.«

»Okay, das war's«, verkündete Baba. »Ich werde

nicht mit dir schlafen, Frisk, wenn das Drehbuch vorher abgesegnet werden muss.«

Es war ein Versprechen, das er brechen würde. Vielleicht lag die Tragik darin, dass sie sich an verschiedenen Punkten ihrer Freundschaft ineinander verliebten, schlagartig, heftig, ohne Wenn und Aber. In der ersten Runde hatte Baba eine feste Freundin, und sie führten ihre heiße Affäre nebenbei, bis er sie widerwillig beendete, weil er sich gegenüber seiner Hauptflamme schuldig fühlte. Während der Wiederholungsrunde, die zwei, drei oder vier Jahre später stattfand – die Chronologie der Ereignisse verschwamm allmählich –, unterlag Jillian dem Missverständnis, ihre Wiedervereinigung wäre nichts als eine müßige *Sexfreundschaft* oder *Freundschaft mit gewissen Vorzügen*, wie man das später nannte. Wenn sie also ein Wochenendtechtelmechtel mit einem flotten Barkeeper gehabt hatte, erzählte sie Baba nach dem Tennis alles darüber. Buchstäblich vor den Kopf gestoßen, sackte er so tief auf ihrer Stammbank zusammen, dass es an ein Wunder grenzte, dass er nicht heute noch da hockte.

Wer von den beiden bei diesem doppelten Faustschlag schmerzlicher gelitten hatte, blieb strittig, und auf die Beendigung ihres sexuellen Verhältnisses folgte eine quälende Latenzzeit, in der sie weder miteinander redeten noch – und das war schlimmer – Tennis spielten. Jillian würde nie vergessen, wie sie ganz allein bei ihrer angestammten Bank Zuflucht suchte, sich davor hinkniete. Wie sie ihre Stirn auf die vordere Latte legte, von der schon die Farbe abblätterte, und eine Stellung einnahm, die nur als Gebetshaltung bezeichnet werden konnte. Dann jammerte sie, ja, das war das richtige Wort dafür, und die Jammertiraden kamen aus ihrem Zwerchfell, also aus dem Teil des Körpers, den man als Opernsängerin trainiert. Die Aufführung wäre sehr melodramatisch gewesen, falls sie jemand beobachtet hätte, aber Jillian war allein, zumindest zu Beginn. Bis ein Lehrer zum Parkplatz eilte und fragte: »Alles in Ordnung mit Ihnen?« Er musste geglaubt haben, sie wäre überfallen worden, was ja irgendwie auch stimmte. Interessanterweise konnte sie sich später nicht mehr daran erinnern, ob sie diese Pilgerfahrt als Reaktion auf sein Schlussmachen angetreten hatte oder als sie ihn selbst zurückwies. Denn es war schwer zu sagen, welche der beiden Rollen schrecklicher war.

Weston Babansky und Jillian Frisk waren beste Freunde, eine Beziehung, deren Wert durch den Ausdruck *Best Friends Forever* gemindert worden wäre, der sich bekanntermaßen auf jemanden bezog, mit dem man spätestens nächste Woche kein Wort mehr wechseln würde. Sie kannten sich jetzt seit vierundzwanzig Jahren, und in dieser langen Zeit hatte kein einziger Eindringling jemals Anspruch auf den

Superlativ erhoben. Die Manöver der gegenseitigen Zerstörung machten sie immun und hoben ihre Beziehung auf eine Art höhere spirituelle Ebene. Postromantisch und postsexuell war die quälende Neugier, die Gliedmaßen umeinanderzuschlingen, befriedigt. Baba war nicht beschnitten. Jillian weigerte sich, ihre Bikinizone zu rasieren. Ihre Geheimnisse waren gelüftet. Sicher war: Nachdem sie das Schlimmste überstanden hatten, konnten sie jetzt wirklich *für immer beste Freunde* bleiben und damit der Welt beweisen, dass es so etwas tatsächlich gab.

Seit der Jahrtausendwende wohnte Jillian in dem hübschen, autarken Nebengebäude eines Antebellum-Anwesens, auf das sie ein Auge hatte, wenn die Besitzer im Ausland waren. Sie bezahlte keine Miete und bekam ein kleines Honorar dafür, dass sie Pakete entgegennahm, die Post sortierte, die Mülltonnen an den Straßenrand schob und wieder zurückstellte, die Topfpflanzen goss, dem Gärtner das Tor aufhielt und sich damit einverstanden erklärte, nicht über Nacht wegzubleiben, wenn die Chevaliers nicht zugegen waren. Es war eine bequeme Situation, auch wenn sie von all den Kommilitoninnen, die von einer Karriere in Hollywood träumten, womöglich als Sackgasse betrachtet worden wäre. Doch

Jillians Häuschen war mit seinen vier Zimmern gerade groß genug, um ihren Produktivitätsschüben Platz zu bieten. Bergen von Krepppapier, Sperrholz, Gummiklebstoff und Teppichnägeln etwa, mit denen sich Jillian in ihr nächstes zweckloses *Projekt* stürzen konnte. Außerdem hatte man ihr freie Hand gelassen zu renovieren, die Eichendielen neu zu lackieren, Tischdecken zu besticken, das Badezimmer neu zu kacheln, Arbeitsflächen abzuschleifen und wackelige Schaukelstühle zu reparieren. Damit war sie immer angenehm ausgelastet, wenn gerade keine ausgefeilteren Kreationen ihre Aufmerksamkeit verlangten.

Baba hatte vor einigen Jahren endlich ein Haus gekauft, wie sich das für einen anständigen Erwachsenen gehört. Mit einem Dach, das wie ein A bis zum Boden reichte, und seinem groben, selbst gezimmerten Charakter hatte es Jillian immer an ein Baumhaus erinnert. Doch soweit sie das beurteilen konnte, genoss sie alle Vorteile einer Hausbesitzerin, und das ganz ohne die damit verbundenen Sorgen.

Mit dem Zuschuss der Chevaliers und einer Reihe von Gelegenheitsjobs schaffte es Jillian, ihren Lebensunterhalt zu verdienen. Sie gab weiterhin Nachhilfeunterricht und arbeitete außerdem als Vertretungslehrerin an der Rockbridge County Highschool, aber für irgendwelche außerschulischen Aktivitäten am Montag-, Mittwoch- oder Freitagnachmittag stand sie nicht zur Verfügung. Denn das waren ihre regulären Tennistage. Sie kam gut mit Kindern klar; wenn es auch sonst nichts gab, mochten sie wenigstens ihre Haare. Von Kindern umgeben zu sein tröstete sie über die Tatsache hinweg, dass sie wohl nie eine eigene Familie haben würde. Abgehärtet, wie sie war, wurde sie bei dem Gedanken an Kinder nicht sentimental und hatte oft den Verdacht, deren Eltern seien ein wenig neidisch darauf, dass sie nach der Nachhilfe oder dem Unterricht allein nach Hause gehen durfte.

Dass sie keinen Geliebten hatte, der bei ihr blieb, stimmte sie eher schwermütig. Doch die Dringlichkeit, einen Seelenverwandten fürs Leben zu finden, die ihre Zwanziger und Dreißiger beseelt hatte, war einem weit angenehmeren Zustand als düsterer Resignation gewichen. Jillian war noch für alles offen. Sie hatte nicht aufgegeben. Trotzdem blieb sie lieber allein, als eine weitere Achterbahnfahrt durchzustehen, die mit einem sich steigernden Rausch begann und mit bleiernem Herzschmerz endete. Sie führte ein erfülltes Leben, mit ein paar interessanten Freunden hier und da. Sie hatte Tennis, und sie hatte Baba.

Baba, der eine überraschend große Anzahl von Frauen abgehakt hatte. Ganz gegen seine Natur als sensibler Außenseiter mit leichter Soziophobie, als Einzelgänger, von dem man hätte erwarten können, dass er sich Hals über Kopf verliebt, wenn er sich erst einmal öffnet, hatte Baba fast alle Beziehungen selbst beendet. Gerade sein feines Ohr für die einzelnen Töne eines emotionalen Akkords, das Jillian so faszinierte, brachte es mit sich, dass ein oder zwei dieser Töne für Baba immer etwas falsch klangen. Wir alle sind Zuhörer unseres Lebens, und wenn Baba seiner Gefühlssymphonie lauschte, dann benahm er sich wie eines dieser Wunderkinder, das jeden Fehler orten kann, etwa ein B anstelle eines H beim fünften Bratschisten. Was ihm das ganze Stück vermieste, während weniger aufmerksame Konzertbesucher die Aufführung gelungen fanden.

Doch seit ein paar Jahren – und das war schon außergewöhnlich lange – traf er sich mit einer etwas jüngeren Frau, Paige Mayer, die bei der Zulassungsstelle der William and Lee arbeitete. Vor einem Jahr schließlich war sie – auch das ein Novum – zu ihm gezogen.

Jillian war nicht wirklich eifersüchtig; auf den zweiten Blick sogar ganz und gar nicht eifersüchtig. Als die Sache mit Paige begann, war Weston Babansky schon fünfundvierzig, eine dauerhafte Bindung also längst überfällig. Jillian liebte Baba auf eine umfassende und weite Weise, und wenn sie ihn eigentlich noch attraktiv fand, war das ein rein ästhetisches Urteil. Sie erfreute sich an seiner körperlichen Gegenwart, so wie man sich freut, ein elegant

eingerichtetes Restaurant zu betreten. Dieses ange-
nehme Gefühl erzeugte keinen Handlungsbedarf –
genauso wenig, wie sie je den Impuls verspürt hatte,
einen Speisesaal zu vögeln.

Und so hatte Paige Mayers Eintritt in Babas Leben bei Jillian bisher nur ein Mal alle Alarmglocken
schrillen lassen. Das war an einem Herbstnachmit-
tag auf ihrer Stammbank gewesen, einige Monate
nach Beginn seiner neuen Beziehung.

»Übrigens«, setzte er an. »Ich habe angefangen,
Paige Tennisspielen beizubringen.«

Jillian kniff die Augen zusammen und musterte
ihn: »Du versuchst, mich zu ersetzen.«

Er lachte. »Jetzt hab dich nicht so!«

»Was das angeht schon.«

»Wir haben uns doch nicht ewige Treue geschwo-
ren, oder? Manchmal spielen wir eben auch mit anderen Leuten. Sport ist promiskuitiv.«

»Ein kleiner Seitensprung ist das eine, es mit allen
zu treiben etwas ganz anderes. Und dann gibt es da
noch den Trick, eine alte, berechenbar gewordene
Partnerin durch attraktiveres Frischfleisch zu ersetzen. Außerdem hat die Woche nur sieben Tage. Wie
soll ich da nicht glauben, dass meine drei Nachmit-
tage mit dir in Gefahr sind?«

Das machte ihm Spaß. Das war genau die Art von
Eifersucht, in der man sich suhlen konnte, und er
beendete das Ganze mit offensichtlichem Bedauern:

»Du kannst dich wieder entspannen. Bisher waren die Tennisstunden ein Desaster.«

Jillian sprang auf und vollführte einen kleinen Tanz: »Juhu!«

»Es gehört sich nicht, sich so am Leiden einer anderen Frau zu ergötzen«, ermahnte er sie.

»Mir egal, ob sich das *gehört*. Ich will nur meinen Slot am Montag, Mittwoch und Freitag behalten!« Sie setzte sich mit Schwung zurück auf die Bank. »Und jetzt will ich alles wissen.«

»Ich habe sie zum Weinen gebracht.«

»Nein!«

»Na ja, es würde Jahre dauern, bis sich unser Niveau angleicht. Sie ist eine blutige Anfängerin, und sie macht es nicht, weil sie unbedingt Tennis spielen will. Sie will einfach nur etwas mit mir unternehmen. Wahrscheinlich sollten wir lieber ins Kino gehen. Ich bin nicht sicher, ob sie Talent hat, und ich habe ganz bestimmt keine Geduld. Die Langeweile hat mich auf die Palme gebracht. Keine Ahnung, wie die Profis das aushalten, ich musste dem ein Ende setzen, denn wenn wir uns weiter gequält hätten, wären wir jetzt nicht mehr zusammen. Ich habe mich wie ein Tyrann gefühlt, und sie hatte das Gefühl, nicht gut genug zu sein.«

»Seid ihr denn hierhergekommen?«, fragte Jillian vorsichtig.

»Nein, wir sind auf den Campus gegangen.«

»Gut. Rockbridge wäre ein Verrat gewesen.«

»Das letzte Mal, als wir zu dieser vergeblichen Mission aufgebrochen sind, haben zwei Felder weiter zwei Männer gespielt, und Paige hat so viele Bälle in ihr Spielfeld geschickt, dass sie anfingen, sie zurückzuschmettern. Das hätte dir gefallen, du missgünstige Zicke«, sagte er liebevoll.

»Es hätte mir gefallen«, pflichtete sie ihm bei. »Aber ich bin *nicht* missgünstig. Zumindest, solange sie meinem verdammten Tennisplatz fernbleibt.«

Zugegeben, ihr erstes Treffen hätte besser laufen können. Baba hatte Jillian irgendwann im Januar zum Abendessen eingeladen, und er war ungewöhnlich besorgt gewesen in Erwartung ihrer ersten Begegnung mit Paige, ihres ersten Winks, der ihm bedeuten würde, dass diese Beziehung gerade mit einem harmonischen Dur-Akkord begann. Als sich Jillian an jenem Abend fertig machte, dachte sie, dass es vielleicht klug wäre, ihre auffällige Mähne zurückzubinden und in einem Knoten zu bändigen, doch sie hatte gerade erst geduscht, und ihre Locken waren noch feucht. Sie überlegte hin und her, was sie anziehen sollte, kam zu dem Schluss, dass Jeans dem Anlass nicht angemessen wären, und entschied sich für das andere Extrem. Im Rückblick war die rehbraune Boa ein Fehler gewesen, auch wenn sie ihrem Outfit im Schlafzimmerspiegel noch den unwiderstehlichen letzten Schliff verliehen hatte. Aber es war nicht die Boa, die sie in Schwierigkeiten brachte.

Als sie in Babas Küche hineinplatzte, wurde ihr plötzlich klar, dass auch sie nervös sein musste, denn in der ersten Hektik der Weinübergabe und der Überreichung des winzigen, in Birkenrinde verpackten Gastgeschenks vergaß sie, die neue Freundin richtig wahrzunehmen – wie sie aussah, wie sie wirkte. Obwohl sie sich in Babas Nurdachhaus fast genauso heimisch fühlte wie in ihren eigenen vier Wänden, war Jillian offiziell der Gast. Daher rührte ihre anfängliche Verwirrung, wer nun wem die Befangenheit zu nehmen hätte.

»Also, ich habe ein bisschen mit Perlen gearbeitet«, plapperte sie noch im Mantel mit Blick auf das Päckchen los. »Man kann jede Menge bunten, ausgefallenen Schmuck auf diesen Hofflohmärkten und in Trödelläden finden, und ganze Kisten auf eBay … Trotzdem wirkt es interessanter, wenn man die Ketten auseinandernimmt und die Einzelteile neu auffädelt …«

Birkenrinde eignet sich nicht wirklich zum Auspacken, und so fiel das Geschenk direkt aus der zerbrechlichen Konstruktion in Paiges Handfläche. Dort sah die Halskette plötzlich etwas lächerlich aus.

»Oh«, sagte sie. »Wie nett.«

»Ich experimentiere noch«, fuhr Jillian fort. »Zum Beispiel mische ich auch andere Fundstücke unter, Pinienzapfen etwa, Origami aus Kaugummipapier, Radiergummistückchen, manchmal sogar leere Batterien ...«

Paige hob langsam wieder den Kopf und blickte sie an. »Findest du nicht«, sagte sie, »dass es vielleicht keine besonders gute Idee ist, in der Öffentlichkeit Pelz zu tragen? Nachdem wir bei den Tierrechten so viel erreicht haben?«

Jillian deutete mit einer wegwerfenden Geste auf ihren Mantel. »Dieses alte Ding? Das habe ich mal vor Jahren für fünf Dollar in einem Secondhandladen gekauft. Keine Ahnung, was das ist – vielleicht Bisamratte oder Biber? Ist mir auch ziemlich egal, denn sogar in diesem Polarwirbel, oder wie das heißt, ist das Ding unglaublich warm.«

»Und unglaublich uncool«, sagte Paige.

»Ich denke, *warm* und *uncool* bedeuten so gut wie dasselbe«, warf Baba mutig ein, und der Blick seiner Freundin verfinsterte sich.

Jillian brauchte einen Moment, um zu merken, dass Paige und sie gerade eine ziemlich ernst zu nehmende Meinungsverschiedenheit zustande gebracht hatten, noch bevor Jillian überhaupt richtig eingetreten war. »Ich wette«, brachte sie hervor, »die Tiere, die ihr Leben für diesen Mantel gelassen haben, waren schon tot, bevor ich geboren wurde. Selbst wenn wir die Frage erst mal außer Acht lassen, ob diese Tiere überhaupt ohne die Pelzindustrie gezüchtet und aufgezogen worden wären – wenn ich mich jetzt weigere, diesen Pelz zu tragen, macht das die Viecher auch nicht wieder lebendig, oder? Warum dann nicht gleich ihr Opfer einlösen?«

»Weil das Herumlaufen in so einem barbarischen Aufzug dem Abgeben der eigenen Wählerstimme gleichkommt«, entgegnete Paige. »Damit wirbt man für die Ermordung von Tieren zum Zweck der Verwertung ihrer Köperteile.«

»Machen wir das nicht die ganze Zeit, wenn wir Fleisch essen?«, fragte Jillian vorsichtig.

»Ich esse kein Fleisch«, erwiderte Paige mit steinerner Miene.

»Gut, dann bist du bewundernswert konsequent. Zum Glück ist es hier schön warm«, sagte Jillian und schlüpfte aus ihrem *barbarischen Aufzug*. »Da kann ich den Gesprächsgegenstand ja erst mal loswerden.« Sie wagte einen verzweifelten Blick hinüber zu Baba, den sie lieber unterlassen hätte.

Es wäre wohl eleganter gewesen, wenn Jillian eine Begleitung gehabt hätte, aber sie hatte sich nicht rechtzeitig darum gekümmert. Also ließ sich die Dreiergruppe im Wohnzimmer nieder, und nun konnte sie Babas neue Flamme endlich begutachten. Paige war Ende dreißig, kleiner als Jillian, aber das waren ja alle Frauen. Nachdem man den üblichen

Wo-kommst-du-her-Kram hinter sich gebracht hatte, war Jillian klar, dass Paiges Maryland-Dialekt von einem Studium in den Nordstaaten und Gesprächen mit akademischen Kollegen aus aller Welt fast vollständig überdeckt worden war: Ihre Vokale blieben ansprechend abgeschwächt, doch das Landei darunter war nicht mehr zu erkennen.

Paige war klein und kräftig, sie trug dunkle und gedämpfte Farben. Alles an ihr war ordentlich: kurz geschnittenes Haar, Pulli, Wollhose und inzwischen aus der Mode gekommene UGG-Stiefel. Sie sah gut aus, und bei genauerer Betrachtung hatten ihre Züge etwas Unregelmäßiges, was ihr Gesicht interessant machte und nicht einfach nur hübsch. Jedenfalls strahlte es eine gewisse Wachsamkeit aus, oder eben diese undefinierbare Eigenschaft, die wortlos Intelligenz vermittelt und bloßes Hübschsein unerheblich erscheinen lässt. Wenn ihr Verhalten etwas argwöhnisch und zurückhaltend wirkte, war das wohl den Umständen geschuldet. Schließlich konnte man verzeihliche Schüchternheit und soziales Unbehagen leicht mit ihren aggressiveren Gegenstücken verwechseln: Distanziertheit und Feindseligkeit. Jillian gab sich große Mühe, umgänglich zu sein und nichts als ihre überschwängliche Wertschätzung von Linsensalat und Quinoa zum Ausdruck zu bringen. Trotzdem war der Abend eine einzige lange Erholung von dem Pelzmantel.

Am Ende ging das Debakel also glimpflich aus und lag bald schon hinter ihnen. Als Paige schließlich in den Status *Babas längste Beziehung* aufstieg, setzte Jillian alles daran, mit ihr auszukommen. Selbst wenn da eine undefinierbare Fremdheit zwischen ihnen herrschte, war Jillian sich sicher, dass sie diesen Graben mit gutem Willen überbrücken könnten. Sie wollte die Freundschaft mit der Freundin ihres besten Freundes, und Paige wollte wohl dasselbe mit der besten Freundin ihres Freundes. Wie konnte es da nicht zu einer transitiven Relation kommen? A liebt B, und B mag C, dann mag A auch C, oder? Und umgekehrt. Jillian war nicht dumm. Ihr war klar, wie wichtig es war, dass sie sich in Paiges Gegenwart zurücknahm.

Immerhin kannte sie den Freund dieser Frau schon seit über zwanzig Jahren, was ihr einen unfairen Vorteil verlieh. Es bestand auch kein Zweifel: Paige wusste, dass Jillian und Baba miteinander geschlafen hatten, und das war heikel.

Dementsprechend legte Jillian größten Wert darauf, eine künstliche Distanz zwischen sich und ihrem besten Freund zu schaffen, wenn sie wieder einmal auf einen Drink bei den beiden vorbeischaute oder sie zu sich zum Abendessen einlud. Manchmal verwässerte sie die undiplomatische Verbundenheit zwischen sich und ihrem Tennispartner auch, indem sie ein weiteres Paar zum Doppel einlud. In Paiges Anwesenheit stellte sie Baba förmliche Fragen über die Internetseite, an der er gerade arbeitete, obwohl sie die Antworten bereits kannte und alle damit verbundenen Ärgernisse bereits seit Wochen nach dem Tennis mit ihm diskutierte. Im gleichen Maß zeigte sie Interesse an Paiges Sorgen in der Zulassungsstelle, ging auf den Balanceakt zwischen akademischer Spitzenleistung und ethnischer beziehungsweise sozialer Diversität ein oder fragte nach, wie man verhindern könne, dass am Ende immer die Absolventen von Privatschulen das Rennen machten – und das, obwohl Jillian solche steifen Diskussionen nicht besonders mochte.

Aufs Ganze gesehen beurteilte sie Babas Übergang in eine feste Beziehung als Erfolg für alle Beteiligten. Für Jillians Geschmack nahm Paige das Leben etwas zu ernst, doch sie hatte eben, wie Baba gern betonte, starke Überzeugungen, die Jillian mittlerweile respektierte (oder denen sie nun aus dem Weg zu gehen verstand). Nachdem sich Paige entspannt hatte (was mindestens ein Jahr dauerte), kam an ihr so etwas wie ein versteckter Sarkasmus zum Vorschein, etwa wenn sie erzählte, dass manche Studienbewerber in ihren Aufsätzen argumentierten, sie leisteten mit ihrem Skiurlaub »einen Beitrag zum Gemeinwesen«. Jillian wusste Paige Mayer inzwischen zu schätzen, und sie war dankbar, dass ihr bester Freund mit der Seelenverwandten so glücklich war, dass er sogar überlegte, seine Antidepressiva abzusetzen. Jillian verstand zwar immer noch nicht, was die beiden zusammenschweißte, aber das musste sie auch nicht. Sie nahm an, dass Paige unter vier Augen die Leidenschaft ihres Freundes teilte, Gefühle zu zerlegen und die Feinheiten vielschichtiger Beziehungen auszuloten.

Überhaupt gelang es Jillian nicht zu begreifen, was Leute zusammenschweißte. Denn es zählte zu den Rätseln dieses Universums, wie die meisten Menschen einen anderen dazu bringen konnten, einzig und allein sie anzubeten, wo doch jeder und jede unter Milliarden von Alternativen frei wählen konnte – und diese Bindungen schlossen korpulente Verkäufer mit herausragendem Nasenhaar und grimmig dreinschauende Adventisten mit einem Hang zum Filzstifthamstern ebenso ein wie scheue philippinische Hausangestellte mit breiten, ausdruckslosen Gesichtern und unterschiedlich langen Beinen. Erstaunlich, dass so viele dieser Kandidaten für unverwüstliche Zuneigung tatsächlich heirateten. Wäre es nach Jillian gegangen, der Logik ihresgleichen zu folgen und zum Zwecke der Paarung lebenslange Inbrunst an den Tag zu legen, würde die menschliche Gattung schrumpfen, bis die Weltbevölkerung in ein kleines Luxushotel passte. Zum Henker also, sie hatte schon vor langer Zeit aufgehört, die Liebesbeziehungen anderer in Zweifel zu ziehen.

Stattdessen hatte Jillian mit großem Ehrgeiz ihr bisher zwecklosestes Projekt in Angriff genommen. Mit dreiundvierzig war sie gerade alt genug für eine Retrospektive. Wäre sie Schriftstellerin gewesen, hätte sie nun genug Erfahrungen gesammelt, um ihre Memoiren zu schreiben. Doch auch wenn sie keine Schriftstellerin war, konnte sie die Kuratorin ihres eigenen Lebens sein, und nach vierzehn Jahren im selben Haus hatte sie allerlei Treibgut angehäuft, die Überbleibsel von vielfältigen Abenteuern, die sie nun in wertvolles Baumaterial verwandeln wollte. Zunächst taufte sie ihre Assemblage »Der Gedächtnispalast«, aber der Titel klang ihr nicht originell genug. Nach einiger Zeit entschied sie sich für eine weniger verbrauchte Bezeichnung: »Der aufrechte Kronleuchter«.

W ährend Weston im Morgenmantel ins Wohnzimmer schlenderte, schien es ihm, als wäre er in ein Gespräch hineingeraten, das auch ohne sein Zutun bereits in vollem Gange war.

»Weißt du, ich finde das anmaßend«, sagte Paige aus dem Nichts heraus, »wie Jillian immer betont, dass sie ja keine richtige Künstlerin sei ...«

»Frisk macht einfach gern was mit ihren Händen«, hielt er dagegen und rieb sich die Augen. »Das ist alles. Anmaßend wäre doch eher, sich als Künstlerin zu gebärden.«

Paige wischte gerade Staub. Während für ihn alle Tage der Woche gleich waren, bedeuteten ihr die Wochenenden etwas. Dieses Schrubben und Putzen und Polieren an einem Samstag schien ihm reine Zeitverschwendung. Das Haus wirkte irgendwie konzentrierter, sobald sie fertig war, auch wenn er keinen Unterschied erkennen konnte. Doch heute lag in ihrem Hin- und Hergewische mit dem Putzlappen eine gewisse Ungeduld. Obwohl es schon fünfzehn Uhr war, war er gerade erst aufgestanden (nicht, ohne dafür den Wecker zu stellen), und dieser übereifrige Tatendrang war ihm vor dem ersten Kaffee einfach zu viel.

»Aber sie macht ja nichts richtig, nur diese dämlichen Gelegenheitsjobs. Irgendwie ganz schön verwöhnt«, sagte Paige.

»Ich kann dir nicht folgen.«

»Es hat etwas mit ... ihrer Herkunft zu tun. Wenn sie aus bescheidenen Verhältnissen käme, könnte man es einem mangelnden Selbstbewusstsein zuschreiben, dass sie keine Ambitionen hat und nicht wirklich Teil der Kunstszene ist. Aber ihr Vater ist Chirurg, und deswegen soll es wohl mutig oder so was sein, dass sie ein Niemand ist. Bewundernswert und verwegen und originell. Die Wahrheit ist doch aber: Jillian will das Spiel nicht mitspielen, weil sie nicht verlieren will.« *Wisch-Wisch*, da war der Putz-lappen wieder. »Sie hat nur Angst, beurteilt zu werden.«

»Wer will schon beurteilt werden?«

»Menschen, die den Anforderungen gerecht werden, erfolgreiche Menschen. Es ist überhaupt nicht schlimm, beurteilt zu werden, wenn dich am Ende alle wunderbar finden.«

»Aha. Und wann kommt das heutzutage bitte schön noch vor? Schau dir das Internet an. Das ist der reine Lynchmob, die schreien nur rum, wie scheiße alles ist. Ich kann es Frisk nicht verübeln, dass sie sich nicht zu weit aus dem Fenster lehnt. Es gibt kein besseres Rezept, um seinen Kopf loszuwerden.«

»Sie will sich nicht als Künstlerin bezeichnen, weil sie sonst eine schlechte Künstlerin wäre. Dieser ganze Schrott, den sie da zusammenschustert, ist einfach nur bescheuert. Mann, ich wünschte, du könntest ihr irgendwie zu verstehen geben, dass sie aufhören soll, diese Halsgehänge aus Federn und Fledermausguano mitzubringen. Man möchte meinen, sie merkt irgendwann, dass ich sie niemals trage.«

Dieser Austausch erforderte dringend Koffein, und so ließ Weston die Cafetiere links liegen und ging direkt zur Espressomaschine. Wieder einmal wurde er daran erinnert, dass er Paiges Widerstand schätzte. Wenn er sich mit Frisk unterhielt, hatten sie immer die Tendenz, sich über alles einig zu werden, was zwar erholsam war, aber nicht gerade den Verstand schärfte. »Dann sag *du* ihr doch, dass sie mit den Halsketten aufhören soll.«

»Nein, wenn ich erst mal anfange, Jillian zu erklären, was ich wirklich denke, gibt es kein Halten mehr. Ich kann es zum Beispiel nicht ausstehen, dass sie dich immer noch *Baba* nennt. Das klingt doch total blöd. Wie Rum-Baba oder Baba Ghanoush oder wie Bill Clintons prolliger Spitzname *Bubba*.«

»Was passt dir jetzt nicht, dass es prollig klingt oder wie Essen?«

»Mein Problem ist, dass es nicht dein Name ist. Und es ist überheblich. Dieser kleine Anspruch: ›Du bist mein Spezialfreund, mit einem Spezialnamen, den ich dir gegeben habe und den nur ich verwenden darf.‹ Wenn sie doch wenigstens den Anstand hätte, dich Weston zu nennen, solange ich dabei bin.«

»Das würde aufgesetzt klingen«, sagte er erschöpft. »Nach über zwanzig Jahren soll sie hier auftauchen und mich plötzlich *Herr Babansky* nennen?«

»Ich könnte mich mit *Herr Babansky* anfreunden«, murmelte Paige. »Ein bisschen Respekt vor den *Grenzen* anderer würde ich sehr begrüßen.«

Weston kam nach dem Aufstehen nur langsam in Gang. Wenn er aus dem Bett kroch, war er tollpatschig wie ein Bär, was Paige für gewöhnlich verführerisch fand. An einem vielversprechenderen Samstagnachmittag hätte sie ihn zurück unter die Decke geschubst. Ein günstiger Nebeneffekt ihrer ungleichen Biorhythmen war, dass Sex tagsüber stattfand und nichts, aber auch gar nichts mit Schlaf gemein hatte. Paige war eine erfinderische Liebende, mit einem Verlangen, über das ihre unauffällige Kleidung und ihr praktischer Kurzhaarschnitt hinwegtäuschten. Ihm war wohl bewusst, dass seine Beziehung eine etwas verstörende Wirkung auf Frisk hatte. Sie hatte ihre Gedanken noch nie für sich behalten können. Selbst wenn sie annahm, taktvoll zu sein, war Frisks Version von Diskretion für jeden anderen ein Fettnäpfchen. Und seine häufig unter Psychopharmaka erlebten Ekstasen mit Paige, deren ausnehmend zarte Brüste ihn verrückt machten, hatten großen Anteil an ihrer Verstörung, obwohl er sie Frisk gegenüber gern herunterspielte. Männer waren in ihrem Leben in letzter Zeit eher Mangelware, und so wollte er ihr sein Glück nicht dauernd unter die Nase reiben.

»Die Wahrheit ist«, fuhr Paige fort, nachdem sie dazu übergegangen war, die Weinglasringe auf dem Couchtisch mit Glasreiniger zu entfernen, »es wurmt mich auch, wenn du sie *Frisk* nennst. Als wärt ihr alte Mannschaftskollegen in der Umkleide. Dieses Ding mit den Nachnamen ist doch einfach nur grob, und das Schulterklopfen unter Kumpels lässt man nach der Highschool eigentlich hinter sich.«

Weston fragte sich, ob er sich angewöhnen könnte, Frisk in seinen eigenen vier Wänden nur noch *Jillian* zu nennen. Diese Umbenennung würde Wachsamkeit erfordern, aber wenn es für Paige einen Unterschied machte, würde sich die Anstrengung vielleicht lohnen. Andererseits würde die dauerhafte innere Zensur an ihm zehren. Denn seine Tennispartnerin war eben nicht *Jillian*, und die Einführung der Vornamen würde in diesem Fall zweifelsohne auf eine Deklassierung hinauslaufen. Außerdem würde er damit Paige gegenüber nachgeben, und das wollte er vermeiden. Diese Sache musste er später in Ruhe mit sich ausmachen. In der Zwischenzeit würde er sich erst einmal an die Pronomen halten.

Er nippte an seinem Espresso und warf einen nervösen Blick auf die Uhr. »Welche Laus ist dir denn über die Leber gelaufen?«, fragte er.

»Wir haben doch darüber gesprochen, irgendwann in den nächsten Wochen Gareth, Helen und Bob einzuladen, die ganze Clique aus dem Geschichtsinstitut eben, und dann dachte ich plötzlich, toll, jetzt erwartest du sicher, dass wir auch Jillian einladen.«

»Wir laden sie nicht immer zu allem ein.« Mann, das war wirklich anstrengend.

»Tun wir nicht, aber als wir sie das letzte Mal nicht

eingeladen haben, musstest du ihr natürlich *sofort* alles über den Abend mit Vivian und Leo erzählen und ...«

»Ich konnte einfach nicht der Versuchung widerstehen, ihr von diesem unförmigen Beerenkuchen zu berichten. Und von diesen Quarktaschen, aus denen die ganze Zeit der Quark floss, sodass wir sie in den Kühlschrank stellen mussten.«

»Du hast gesagt, es hätte sie verletzt.«

»Vielleicht habe ich mir das auch nur eingebildet. Sie erwartet jedenfalls nicht, dass wir sie jedes Mal einladen, wenn wir Gäste haben.« Er betrachtete sich ohnehin nicht als *Gastgeber*.

»Aber jedes Mal, wenn wir sie von der Gästeliste streichen, fühlst du dich schuldig.«

»Ein bisschen schuldig«, sagte er, nachdem er kurz über die Frage nachgedacht hatte. »Und auch ein bisschen erleichtert. Ich mag es nicht, zwischen den Fronten zu stehen.«

»Dann stell dich nicht dazwischen.«

»Zwischen den Fronten zu stehen ist nicht dasselbe, wie dorthin verfrachtet zu werden.«

»Ach so? Jeder, der aus freien Stücken da steht, kann doch woanders hingehen, wenn's ihm dort nicht gefällt.«

Er hatte keine Zeit für so etwas. Er holte die Thermosflasche aus dem Kühlschrank, nahm Handy, Brieftasche und Schlüssel. »Aber wenn wir sie einladen«, warf Weston auf dem Weg zum Kleiderschrank im Schlafzimmer noch ein, »hätten wir wenigstens eine Art Gleichgewicht, mit Gareth und Helen auf der einen und Bob und ihr auf der anderen Seite.«

»Ich weiß nicht, was du mit Gleichgewicht meinst, Bob ist schwul«, rief sie ihm nach. »Wenn Jillian wenigstens wieder einen Freund hätte!«

»Du hast ihren letzten doch auch nicht ausstehen können«, rief Weston zurück und zog seine Shorts an.

»So ein Volltrottel. Jillian hat einen fürchterlichen Männergeschmack.«

Weston zwängte gerade den Kopf durch den Ausschnitt seines T-Shirts, die Tennisschuhe in der anderen Hand. »Na, vielen Dank.«

Paige blickte auf und musterte ihn scharf: »Aber du bist nicht nur ein Mann für sie. Nehm ich mal an.« Ihr gesamter Körper schien plötzlich von einer Eisschicht überzogen.

»Ich bin spät dran. Das muss jetzt warten.« Weston zog seine Schnürsenkel fest, lief zu der Tennisballkiste in der Ecke und holte eine neue Dose heraus.

»Aber heute ist Samstag.«

»Frisk … sie … wurde gestern unerklärlicherweise bei der Arbeit aufgehalten und hat die Zeit vergessen. Untypisch für sie, aber wie auch immer, wir haben auf heute verlegt. Wahrscheinlich werden wir an einem Samstag keine zwei Stunden zusammenkriegen, doch eine ist besser als keine. Ich bin also gegen sechs oder so wieder zurück. Spätestens um sieben.« Mit einem gehauchten Kuss schnappte Weston seinen Schläger und floh. Wenn sie zwei Stunden spielten, wäre er nicht vor acht zurück.

Weston wollte es nicht wahrhaben. Wie hoch seine Ansprüche in Sachen Selbsterkenntnis auch waren, er war wie jeder andere Mensch zur Selbsttäuschung fähig. Aus diesem Grund erkannt er das Muster erst jetzt: Montags, mittwochs und freitags hatte Paige schlechte Laune.

Wenn es eine Sache gab, die Weston über sich selbst wusste, dann war es diese: Er dachte immer, dass Nachdenken dasselbe sei wie Handeln. Diesem Irrtum unterlag er auch jetzt, da er seine Gedanken einmal mehr auf Paiges ärgerliche und unbequeme Feindseligkeiten gegenüber Frisk richtete.

An diesem Samstagnachmittag spielten sie wie Verrückte, nicht nur zwei, sondern gleich drei Stunden. Und während Weston hinterher in der trüben Dämmerung immer wieder auf seine Armbanduhr blickte, drängte Frisk ihn dazu, in den nächsten Tagen bei ihr vorbeizukommen und ihr neuestes Projekt zu begutachten, aus dem sie seit Monaten ein seltsames Geheimnis machte. Doch so fleißig Weston auch überlegte, es stellte für ihn eine größere Herausforderung denn je dar, Frisk allein in ihrem Häuschen zu besuchen. In der folgenden Woche unterbreitete er Paige seine Absicht und biederte sich dabei so an, dass er sich für seinen Zynismus selbst hasste.

»Ich habe keine Ahnung, was es ist«, sagte er, während er sich den Weg zu etwas bahnte, was er ungern als *Erlaubnis* bezeichnet hätte, seine beste Freundin nach Feierabend besuchen zu dürfen. »Ich weiß nur, dass sie viel Wind darum macht und dass sie schon seit absurd langer Zeit daran arbeitet. Es ist ganz bestimmt ein bisschen verrückt, so wie immer.«

»Kann sie es nicht einfach am Wochenende vorbeibringen, nachdem sie sich jetzt praktisch selbst zum Essen mit Gareth und den anderen eingeladen hat? Sie könnte es doch wieder in *Birkenrinde* einwickeln.«

»Es ist offenbar sehr sperrig. Und was auch immer es ist, du bist sicher froh, wenn du nicht so tun musst, als würdest du es toll finden.«

Weston selbst bemühte sich, Frisks Schöpfungen mit wissbegieriger Neutralität zu begegnen. Er nahm ihre Abneigung gegen die professionelle Kunstwelt kritiklos hin, und nachdem sie sich das Recht erkämpft hatte, ohne jede Schirmherrschaft von Kunstgalerien einfach »Sachen zu machen« (sie verschenkte zwar einiges, verkaufte aber nie etwas), hätte sie wenigstens den Vorteil genießen sollen, von Bewertungen verschont zu bleiben. Doch Weston fiel es verdammt schwer, seinen kritischen Geist ganz auszuschalten. Aus der kosmopolitischen Kultur – und die Akademiker in isolierten College-Städtchen wie Lexington hielten verzweifelt an jedem Anzeichen ihrer Kultiviertheit fest – war der Impuls zu loben nicht wegzudenken: Knochentief saß das Bedürfnis, schon beim ersten Sehen, Hören, Schmecken oder Lesen zu bestimmen, wie *gut* etwas sei. Die Äußerung einer Meinung war Ausdruck dessen, dass man einen Gegenstand überhaupt wahrnahm, sodass man kaum Gelegenheit bekam, etwas richtig aufzunehmen, ohne schon damit beschäftigt zu sein, was man nun darüber dachte; als wäre die Unfähigkeit, mit einem schnellen Urteil zu dienen, ein Zeichen von Trägheit und Stumpfsinn. Angesichts von Frisks oft skurrilen Erfindungen hatte er sich dagegen in Distanz üben können. Und am Ende gab es doch immer etwas zum bloßen Anblick zu sagen, ohne gleich eine Einschätzung zu formulieren und damit den Versicherungswert des besagten Gegenstandes zu bestimmen.

Tatsächlich gefiel ihm Frisks Verweigerung, die künstliche Grenze zwischen hoher Kunst und Handwerk anzuerkennen, eine Grenze, die sie selbst nach

Herzenslust in die eine oder andere Richtung über-schritt. Und in einem Punkt wehrte er sich nicht gegen sein Gespür: Was sie machte, machte sie gut. Seinen gelegentlichen Galeriebesuchen in Lexington und sogar in Washington, D. C., nach zu urteilen machte das Frisk zur Ausnahme unter einer Reihe von Möchtegernkünstlern, deren technisches Können oft erbärmlich war.

Frisk war eine mehr als fähige Schreinerin und eine begabte Schweißerin. Die traumhaften Fliesen an ihrer krallenfüßigen Badewanne waren fein säuberlich verfugt. Ihr Couchtisch aus mit Firmenlogos versehenen Zollstöcken, die Eisenwarenhändler in den Siebzigern an ihre Kunden verschenkt hatten, war nicht nur ausgefallen und mit seinen roten und gelben Farbakzenten schön bunt, sondern auch eben. Für ihr pointillistisches Selbstporträt aus Knöpfen hatte sie sorgfältig alle Restfäden aus den Löchern der gebrauchten Knöpfe entfernt und zudem ein paar ihrer eigenen Blusen geopfert, wenn die Farbe half, den Teil der Bildfläche auszufüllen, der von ihrer gewaltigen Haarpracht eingenommen wurde. Obwohl am Ende ein enervierend verschwomme-ner Gesichtsausdruck herausgekommen war. Paige mochte ihre Perlenketten und Fundstücke unförmig und untragbar finden, doch sie fielen immerhin nie auseinander – sehr zum Ärger der Beschenkten.

Und egal, wie vernichtend die Kritik an den Dingen ausfiel, die Frisk nicht einmal selbst als »ihr Werk« gewürdigt hätte, sie schadete immerhin niemandem damit. Jedes Mal, wenn Weston die Schreckensnachrichten einer größeren Tageszeitung überflog, war er sofort bereit, bloße Harmlosigkeit in den Status einer Höchstleistung zu erheben.

Frisk verlangte nicht viel, vielleicht ein Lächeln, einen Handschlag, eine genaue Begutachtung. Eine so bescheidene Anerkennung war das Mindeste, was er ihr geben konnte, und eines Mittwochs im Mai nach der Nachspieldusche trotzte er Paiges striktem Schweigen und versprach Frisk, am Abend vorbeizuschauen.

Sie empfing ihn in einer ihrer bodenlangen Aufmachungen. Das ursprünglich mit winzigen roten Chrysanthemen gesprenkelte schwarze Kleid war nach mehreren Wäschen etwas ausgeblichen und saß recht locker. Nicht, dass Weston vorgehabt hätte, den Stoff zu berühren, aber er sah weich aus. Sie hatte den billigen Fummel wohl auf einem Wohltätigkeitsbasar der Kirche erstanden, aber in Kombination mit ihrem Haar wirkte sie wie eine präraffaelitische Ophelia. Das Wohnzimmerlicht hatte sie so stark heruntergedimmt, dass es fast dunkel war. Und auf dem handgeknüpften Teppich in der Mitte ruhte ein knapp zwei Meter großes Objekt, dessen obskure Form sich hier und da unter dem Bettlakenüberwurf abzeichnete.

»Sieh nicht hin, aber in deinem Haus spukt es«, sagte er und küsste sie zur Begrüßung auf die Wange.

»Und wie«, erwiderte sie und entkorkte zum Auftakt entschlossen einen Sauvignon blanc. Normalerweise machte sie nicht so ein Theater um ihre Enthüllungen, die bisher auch nie so buchstäblich gewesen waren. Sonst standen ihre neuen Schöpfungen einfach in irgendeiner Ecke, und sie zeigte darauf.

»Ich nenne es den ›Aufrechten Kronleuchter‹. Und wenn ich ganz ehrlich sein soll, möchte ich diesmal wirklich, dass es dir gefällt.« Sie stieß mit ihm an. »Bereit? Schließ die Augen.«

Weston spielte mit. Er hörte ein Rascheln, dann ein Klicken.

»Jetzt.«

Falls es ein Kronleuchter war, stand er auf dem Kopf. Das Objekt glich eher einem Kandelaber mit vielen Armen, die wie Zweige unregelmäßig mit einer zentralen Säule verschweißt waren. Er glitzerte, übersät mit Dutzenden, wenn nicht sogar Hunderten winzigen Lämpchen, die meisten von ihnen weiß, hier und da auch gelb und blau. Bei näherer Betrachtung sah Weston, dass sie eine ganze Schar von Miniaturmontagen beleuchteten, wie einzelne Pünktchen auf einer Minutenskala. Er kannte ihr Leben gut genug, um die Herkunft der einzelnen

Bestandteile benennen zu können. Die Weisheitszähne, die ihr mit fünfundzwanzig gezogen worden
waren. Eine Eintrittskarte zum Stonewall Jackson
House, wo sie einmal gearbeitet hatte. Der wie ein
Dreizack geformte Dämpfer aus Ebenholz erinnerte
wohl an ihr leidenschaftliches Techtelmechtel während der Fiddler's Convention. Und das lavendelfar-
bene Griffband, das sie zuletzt an ihrem Dunlop 700
ersetzt hatte, hing aufgerollt und mit einer Schleife
versehen neben anderen Anspielungen aufs Tennisspielen. Einer der Kronleuchterarme war mit einer
gesprungenen Schlägersaite umwunden, ein anderer
mit einem Vibrationsdämpfer aus Gummi und einem Hauch neongelber Fasern geschmückt, die nur
von ihren Wilson-Bällen stammen konnten (*Extra
Duty* für harte Plätze). Diesen zarten Schädel eines
Brachvogels hatte sie bei einem Spaziergang ent-
lang des Maury River entdeckt, sein Pinzetten-
schnabel war noch vollkommen intakt. Er war einer
ihrer wertvollsten Schätze. Weston erkannte einige
Schlüssel, vielleicht zu ehemaligen Wohnungen, darunter ihre Wohngemeinschaft mit dieser Kratz-
bürste namens Tatum O'Hagan. Er entdeckte die
Miniaturkuhglocke aus Zinn, ein Andenken an ihre
alpine Solowanderung durch die Schweiz, bei der
sie drei Tage lang verschollen gewesen war; eine mit
einem Bändchen umwickelte Haarlocke, das unver-
kennbare Hennarot mit unregelmäßig blondierten

Strähnchen, wie sie nur von ihr selbst stammen konnte.

Da waren Überbleibsel ihrer Kindheit: ein kleiner aufziehbarer Hubschrauber, der immer noch funktionierte, ein etwa zweieinhalb Zentimeter großer Troll mit langen rosa Haaren, der einmal das Ende eines Bleistifts gekrönt hatte, ein rot-goldenes Kazoo und eine Trillerpfeife aus Plastik. Die beiden roten Salz- und Pfefferstreuer stammten von ihrer allerersten Flugreise – Relikte aus einer fernen Zeit, in der es auf Inlandsflügen noch etwas zu essen gab. Ein rundes grünes Textilabzeichen war mit einer Garnrolle bestickt, ein zweites mit einem Zelt, andere Verdienstabzeichen fehlten, weil sie nicht lange bei den Pfadfinderinnen geblieben war. Der Susan-B.-Anthony-Silberdollar von 1981 war ein Geschenk von ihrem Vater zum Abschluss der sechsten Klasse gewesen – die leuchtende feministische Symbolkraft verblasste etwas, nachdem die Münze aus dem Verkehr gezogen wurde.

Sie hatte sogar raffiniert reduzierte Versionen von älteren Arbeiten angefertigt. Das Selbstporträt fand Weston als Duplikat aus winzigen Perlen (und auf etwa dreizehn Quadratzentimetern wirkte der Gesichtsausdruck fokussierter). Mit einer aus Zahnstochern zusammengeleimten Puppenhausversion spielte sie auf den Zollstock-Couchtisch an, und ihr Anstrich wiederholte die roten und gelben Streifen des Originals. Die Badewanne mit den Krallenfüßen war hier zu einer hohlen Eichelhälfte zusammengeschrumpft, während sie die Kachelung in mühevoller Kleinstarbeit mit einzelnen Glitzerpartikeln nachgebildet hatte. Ein gewebter Teppich, etwa von der Größe einer Sonderbriefmarke, war in denselben Farben gehalten wie der, auf dem der Kronleuchter in diesem Augenblick stand.

Doch das Ungetüm war kein Baum aus Müll. Es sah auch nicht aus, als hätte jemand eine Schreibtischschublade ausgekippt, deren Besitzerin nie aufräumte. Jede dieser Objektansammlungen war durchkomponiert, oft auch in originellen kleinen Behältern. Da gab es eine gelbe Coleman's-Senfdose mit ausgeschnittenen Fenstern oder eine tolle Movado-Uhr-Schachtel samt genopptem Satinkissen, Zeuge eines Juwelenkaufrauschs, der Frisk ausnahmsweise nicht zu Goodwill geführt hatte; ein auffallend facettiertes Glas mit breitem Deckel, in dem die Artischockenherzpaste gewesen war, die er ihr zum letzten Geburtstag geschenkt hatte. Einige der Boxen waren aus gefärbtem, halb durchsichtigem Plastik, während die aus Pappe inwendig mit Tapete oder Samtteppich oder winzigen Parkettböden ausgekleidet waren.

Jedes dieser Stillleben war beleuchtet, und Frisk hatte behutsam alle Kabel in den rohrartigen Verästelungen des Leuchters verborgen. Wie immer war alles einwandfrei verarbeitet; selbst als er dem

Stamm einen kleinen Schubs verpasste, war da nichts, was klapperte oder abfiel. Und vor allem: Der Leuchter sprach zu ihm. Er vermittelte eine Zärtlichkeit für das Leben seiner Schöpferin und nährte damit im Betrachter eine Zärtlichkeit für sein eigenes.

»Und?«, hakte Frisk nach. »Du sagst ja gar nichts.«

Ausnahmsweise einmal musste sich Weston nicht darauf konzentrieren, sein Urteil zurückzuhalten. Wie Paige bereits festgestellt hatte: Wer etwas erschaffen hat, muss ein Urteil nicht fürchten, solange jeder es wunderbar findet. Also tat er das. Er sagte: »Es ist wunderbar.«

»Es gefällt dir!«

»Ich liebe es. Es erinnert mich sehr an Joseph Cornell.«

Ihre Miene verdunkelte sich. »Wer ist das denn?«

»So viel zum Kunststudium an der William and Lee. Paige und ich haben in der Nationalgalerie eine Ausstellung seiner Werke gesehen. Er hat all diesen Krimskrams in kleine Schachteln gesteckt und sie an die Wand gehängt.«

»Du meinst, ich mache ihn nach?«

»Man kann doch niemanden nachmachen, von dem man nie gehört hat. Und der Vergleich ist als Lob gemeint. Diese Retrospektive war die einzige sehenswerte Ausstellung, zu der mich Paige je mitgeschleppt hat. Cornell findet einen schönen Ausgleich zwischen ernst zu nehmender Kunst und kindlichem

Herumspinnen, als würde er im Sandkasten spielen. Und meines Wissens nach hat er bisher auch keinen ›Aufrechten Kronleuchter‹ geschaffen. Weißt du, was besonders erstaunlich ist?« Weston trat ein paar Schritte zurück. »Es funktioniert auf allen Ebenen. Jede kleine Installation ist perfekt. Aber auch in seiner Gesamtheit ist es stimmig. Wie ein Weihnachtsbaum, den man das ganze Jahr über leuchten lassen kann.«

Sie freute sich so sehr, dass es ihm das Herz brach, ihre spontane Einladung zum Abendessen auszuschlagen. Trotzdem leerten sie den Sauvignon blanc.

W eston hatte schon eine Weile über die Sache nachgedacht, aber er grübelte selten, warum er sich nicht dazu entschieden hatte, Frisk wegzustoßen. Paige kam im ersten Moment ein wenig schlicht und unsexy rüber, was der Grund dafür war, dass er so lange brauchte, um sie überhaupt zu bemerken, als er an der Website der Zulassungsstelle der William and Lee arbeitete. Das war, bevor er sie auszog. Sie hatte einen perfekt proportionierten Körper, der so viele andere Frauen wie hübsche, aber leere Hüllen aussehen ließ. Und zu seiner Überraschung hatte das Knistern zwischen ihnen nicht nachgelassen, nachdem der Reiz des Neuen verflogen war. Ganz im Gegenteil, je vertrauter sie miteinander wurden, umso mehr konnte Paige sich entspannen und gehenlassen. Womöglich war es sogar von Vorteil, dass sie ihre körperlichen Vorzüge nicht ausstellte, denn die Tarnung hielt andere Männer auf Abstand, und er mochte, dass sie ein Geheimnis hatten.

Weston erkannte noch etwas anderes wieder: Wie er wusste sie oft nicht, wie sie sich unter Leuten verhalten sollte. Jetzt, da er diese Unbeholfenheit bei einer anderen Person beobachtete, sah er auch, wie anziehend sie war, wenn man falsche Freundlichkeit nicht mochte und sich lieber aufrichtig unwohl fühlte als unaufrichtig wohl. Er lernte ihre Ausrutscher zu schätzen, etwa die Aufregung um Frisks Pelzmantel. Mit *barbarischer Aufzug* herauszuplatzen war sicherlich nicht besonders förderlich für den reibungslosen Ablauf jenes Abends gewesen, aber Paige konnte es nun mal nicht lassen, ihre Meinung zu sagen. Das machte es so viel einfacher, ihr zu vertrauen.

Paige war umso entschlossener, diese ihr mitgegebene Unbeholfenheit zu überwinden, und dass sie geselliger war als er – sie machte die Geselligkeit zu einer Disziplin, die sie sich wie Medizin verabreichte –, war auch ihm zugutegekommen. Seit sie zusammen waren, hatte er seinen Bekanntenkreis um das Dreifache erweitert und zählte nun zögerlich ein oder zwei der Bekannten zu seinen Freunden. Paige interessierte sich für Kunst, vor allem bildende Kunst. Auch wenn ihn viele der Ausstellungen, zu denen sie pilgerten, kaltließen, gab es unvergessliche Ausnahmen. Nachdem er sich jahrelang Frisks zynische Tiraden über den Museums- und Galeriebetrieb angehört hatte, war er dankbar, einige Maler und Bildhauer kennenzulernen, die keine Angeber waren. Paige vertrat ihre Ansichten mit glühender Euphorie, während Weston eher die verschiedenen Aspekte eines Sachverhalts zu sehen versuchte. Dann übte sie solange Druck aus, bis er mit dem Geschwafel aufhörte und Stellung bezog: Ja, unterm Strich war der Großteil des Klimawandels wahrscheinlich wirklich vom Menschen verursacht worden.

Wenige Frauen hätten so viel Verständnis dafür gehabt, dass er gern bis in die Nacht hinein arbeitete. Irgendwie war seine innere Uhr im Vergleich zu anderen Menschen um sechs oder sieben Stunden verschoben. Selbst wenn er es versuchte, konnte er sich nicht einfach um Mitternacht aufs Ohr legen. Im Bestreben um einen zivilisierteren Biorhythmus stellte er den Wecker auf neun Uhr, stand dann aber nicht vor elf auf und fühlte sich dabei immer noch so sehr um seinen Schlaf betrogen, dass er den Nachmittag durchdöste. Aber nicht nur das, Paige akzeptierte auch seine Launen. Wenn er zu reden aufhörte und nächtelang vorm Spätabendprogramm versackte, erkannte sie gleich, dass die Lethargie wieder um sich griff, und nahm es nicht persönlich.

Am Anfang war er skeptisch gewesen, was ihren Vegetarismus anging, aber sie bekamen auch das hin. Zu Hause aß er Hülsenfrüchte und Auberginen, und die neuen Gerichte, die sie ihm auftischte, erweiterten sein gastronomisches Spektrum erheblich. Es war ihm »erlaubt« – falls man das so sagen konnte – Fleisch zu bestellen, wenn er außerhalb aß, solange er sich gleich nach dem Nachhausekommen die Zähne putzte.

Weston war achtundvierzig. Er führte endlich ein gutes Leben, und es überraschte ihn, dass es ihn emotional erdete, Geld zu verdienen – vielleicht zogen finanzielle Unsicherheiten auch andere Arten der Instabilität nach sich. In den letzten dreißig Jahren hatte er genug Frauen durchprobiert, um das Interesse an Abwechslung zu verlieren. Als Einzelgänger hatte er sich immer für einen Mann gehalten, der die Einsamkeit über alles schätzte. Trotzdem waren die letzten eineinhalb Jahre des Zusammenwohnens wie im Flug vergangen, was weniger seinem Plan *Einsamer Typ verschafft sich ein Leben* zu verdanken war als Paige Mayer höchstpersönlich. Er machte sich nicht vor, dass er sich zu einer anpassungsfähigeren Person entwickelt hätte. Es gab nur wenige Frauen, die er tolerieren konnte und die auch ihn tolerierten. Wenn es überhaupt mehr als eine gab.

Weston stand theatralischen Aktionen in Restaurants grundsätzlich skeptisch gegenüber, und er verspürte keinerlei Bedürfnis, mit einem Koch einen geheimen Plan auszuhecken und einen Ring im geschmolzenen Kern eines mehlfreien Schokokuchens zu verstecken. Doch am Tag nach der Vorführung des Kronleuchters bot er Paige an, das Abendessen zuzubereiten (eine Zucchini-Lasagne mit Pecorino und Béchamelsoße), und machte dazu einen Rotwein auf, der seine Zwölf-Dollar-Grenze überschritt. Ein Wochentag war zwar nicht ideal, aber er war eifrig darum bemüht, Paiges Ärger, dass er am vorigen Abend zu lange bei Frisk geblieben war, auszulöschen. Was dieser verdammte Heiratsantrag bestimmt wiedergutmachen würde. Sein Eifer übertraf die Angst. Er war zuversichtlich.

»So, wie du es beschreibst«, sagte Paige und grub sich mit ihrer Gabel in die Lasagne, »hört es sich ziemlich albern an. Aufdringlich, vermüllt und spülbeckenrealistisch.«

Das Verflixte daran war, dass Paige sich normalerweise ein Bein ausriss, um in jedem Menschen das Gute zu sehen. Sie hatte eine Schwäche für Außenseiter und schleppte gern Assistentinnen mit dicken Brillen und schlimmen Schuppen an wie andere Frauen räudige, großäugige Kätzchen ohne Halsband. Die einzige Person auf der Welt, über die sie mit unverhohlener Missgunst sprach, war Jillian Frisk.

»Dann musst du mich eben beim Wort nehmen.«
Er wollte sich nicht aufregen, ausgerechnet an diesem Abend. »Ich fand es schön.«

»Trotzdem.« Sie konnte es nicht lassen. »Du musst doch zugeben, das ganze Konzept ist schon sehr egoistisch …«

»Es zelebriert ein Leben«, unterbrach er sie, »und das könnte jedes Leben sein. Sich mit der eigenen Vergangenheit zu versöhnen und den eigenen Macken mit Humor zu begegnen heißt nicht unbedingt, ichbezogen zu sein.«

Er übertrieb die Verteidigung, aber Weston hatte es satt, sich immer wieder zur Kritik an seiner besten Freundin verleiten zu lassen; er fühlte sich schwach und falsch dabei. Und doch musste er dieser Mahlzeit schleunigst eine feierlichere Note geben – oder seinen Heiratsantrag verschieben. Wahrscheinlich reagierte er so gereizt, weil er einen Plan hatte und ihn nicht umsetzte. Er und Paige waren inzwischen gut genug aufeinander eingespielt, dass die Stimmung sofort kippte, sobald einer von ihnen einen Gedanken unterdrückte. Also atmete er tief ein, füllte ihre Gläser auf und verkündete: »Ich wollte ja eigentlich bis nach dem Essen warten, aber wenn ich es jetzt nicht loswerde, dann platze ich.«

Paige zuckte von ihrem Essen zurück und blickte erschrocken auf, als hätte er ihr gerade den Appetit verdorben. Wäre er nicht so entschlossen gewesen, hätte er vielleicht über ihre entsetzte Reaktion nachgedacht. Er vertraute ihr zwar, aber vielleicht war das Vertrauen nicht gegenseitig.

Stattdessen räumte er unbeirrt die Teller aus dem Weg, lehnte sich vor und schob sein Glas auf das ihre zu, bis sich die beiden berührten. »Ich sollte diese Hand wirklich nicht festhalten«, improvisierte Weston und umschloss ihre Finger, »während ich um sie anhalte.«

Entweder war die Formulierung zu vertrackt, oder Angst hatte Paiges Sinne vernebelt. Sie schaute ihn verständnislos an.

»Ich frage dich«, erklärte er, »ob du mich heiraten willst.«

»Oh!« Sie riss ihre Hand los, sprang zurück, und ihre Augen füllten sich mit Tränen.

Jetzt war er es, der nicht verstand. »Ist das ein Ja?«

»Ich weiß es nicht.«

Das lief nicht so, wie er es sich vorgestellt hatte. Die Lasagne wurde langsam kalt.

»Ist es zu früh? Zu plötzlich? Zu … irgendetwas?«

Paige starrte nach unten und zerknüllte ihre Serviette. »Ich würde ja gerne Ja sagen können. Weißt du, ich habe lange mit meiner Schwester darüber geredet, mehr als einmal. Und dabei habe ich ihr etwas versprochen, nein, eigentlich habe ich es mir selbst versprochen. Ich kann dir gar nicht sagen, wie schwer es mir fällt, mich bei dieser Sache zurückzuhalten. Am liebsten würde ich meine Arme um dich schlingen und rufen: ›Warum hast du so lange gebraucht?‹ Doch ich kann nicht bedingungslos Ja sagen.«

»Und was ist die Bedingung?« Er spürte schon, wie ihm flau im Magen wurde, machte sich jedoch keine Mühe, darüber nachzudenken, welcher Art ihre Bedingung wohl sein mochte. Sie würde es ohnehin gleich ausspucken. Hätte er es getan, hätte er ihre Forderung mühelos vorwegnehmen können.

»Jillian«, sagte sie.

O Gott, wie schön wäre es doch, einmal im Leben überrascht zu werden.

»Manchmal lernt man Leute kennen und findet sie gleich ganz toll, oder?«, fuhr Paige fort. »Doch dann nutzt sich der erste Eindruck ab, und was zunächst anziehend erschien, stellt sich auf Dauer als Enttäuschung, ja sogar als Ärgernis heraus. Und auf der anderen Seite gibt es Leute, die dir erst mal nicht gefallen, die du gruselig findest oder die dich wahnsinnig machen. Aber du bleibst dran, lernst sie besser kennen, und nach und nach wachsen sie dir trotzdem ans Herz. Es kann also sein, dass du die Leute, die dich anfangs abgeschreckt haben, am Ende besser leiden kannst als alle anderen.«

Obwohl Weston es besser wusste, strahlte sein Gesichtsausdruck Hoffnung aus.

»Nun, auf diese Sache zwischen mir und Jillian

trifft weder das eine noch das andere zu«, sagte Paige und erwiderte endlich seinen Blick. Das war's dann mit der Hoffnung. »Ich konnte sie nicht ausstehen, als ich sie das erste Mal getroffen habe, und ich kann sie auch jetzt nicht ausstehen, da ich sie besser kenne. Sie tut so, als wäre sie etwas Besonderes, weil sie keine Karriere hat, während die meisten Menschen doch in Wirklichkeit auch keine haben. Sie muss absolut immer, in jeder beliebigen Gruppe, im Mittelpunkt stehen, und sobald sich das Gespräch nicht mehr um *ihr* bescheuertes Projekt hier oder *ihr* bescheuertes Outfit da dreht, hört sie einfach nicht mehr zu. Sie ist im Grunde untersozialisiert. Und tut nur so, als interessiere sie sich für andere – obwohl das schon auch bedeutet, dass sie bis zu einem gewissen Grad sozialisiert ist. Jedes Mal, wenn sie mir Fragen über mein Leben stellt, gibt sie nur vor, an der Antwort interessiert zu sein, ist es aber nicht. Ich bin mir nicht mal sicher, ob sie wirklich Interesse an *dir* hat. Du bist bestimmt ein tolles Publikum für sie, und das ist das Einzige, was sie von einem braucht. Sie hat kein Taktgefühl, was auch nur wieder eine Form der Rücksichtslosigkeit ist und der Unaufmerksamkeit anderen gegenüber. Und sie würde niemals auf den Gedanken kommen, einfach mal den Mund zu halten und nicht jedem zu erzählen, wie großartig *Fracking* ist, weil möglicherweise Personen anwesend sind, die sich dann angegriffen fühlen. Im Übrigen muss sie ihre Meinungen zu jedem wichtigen Thema sowieso überall loswerden. Weil sie weder Zeitung liest noch die Nachrichten schaut, bin ich zu der Schlussfolgerung gekommen, dass sie überhaupt keine Meinung *hat*, sie probiert einfach nur eine bestimme Position aus, wie neue Klamotten. West, man kann sie nicht ernst nehmen! Sie lebt ihr Leben, als wäre sie … auf einem Spielplatz! Und alles ist so *gekünstelt* an ihr. Alles Theater, nichts dahinter. Diese großen Auftritte, die sie immer macht. Mit all den Federn und dem übertriebenen Enthusiasmus. Alles aufgesetzt. Keine Ahnung, was hinter diesem Primadonnagehabe und -getanze steckt, außer eine Frau, die hoffnungslos egozentrisch ist und sich dabei fast verloren hat. Wie bei vielen Menschen, die egozentrisch wirken, *könnte* diese heiß gelaufene Lebhaftigkeit auch bloß eine Überkompensation für mangelndes Selbstvertrauen sein, denn sie hat eindeutig zu viel Angst davor, in die Welt hinauszugehen und sich wirklich zu profilieren. Ich versuche hier nur einen Spagat, um mich in ihre Position hineinzuversetzen, aber ich bin keine Akrobatin, West, ich halte das nicht mehr lange aus.«

Diese … wie auch immer man das perfekte Gegenteil einer *Ode* nennt, sprudelte so schnell aus ihr heraus, dass Paige am Ende heftig schnaufte. Weston fragte trocken: »War das alles?«

»Nein, wenn ich schon dabei bin. Sie trinkt auch

zu viel. Viel zu viel, was sie zu einem schlechten Einfluss macht. Jedes Mal, wenn du ohne mich losziehst, kommst du besoffen zurück.«

»Versuchst du, mich davon zu überzeugen, meine beste Freundin zu hassen?«

»Nein, das ist offensichtlich mein Problem, aber es wird immer schlimmer. Diese persönlichen Wortschöpfungen zum Beispiel, die sie ständig wiederholt, wenn wir wieder mal bei ihr zum Essen sind, und serviert sie nicht *jedes Mal* Popcorn als Vorspeise? Was übrigens in mehr als einer Hinsicht billig ist. Gratis, sozusagen, und absolut stillos. So eine unterdurchschnittlich gefüllte Schale nennt sie dann immer ein ›dünnes Futter‹. Wenn nur ein paar tote Körnchen übrig bleiben, deutet das auf eine ›hohe Poprate‹ hin, und wenn sich der Deckel auf einem übervollen Topf hebt, bezeichnet sie das als ›Entdeckelung‹. Du findest das bezaubernd, und irgendwie freue ich mich auch für dich. Aber ich würde es nicht mal bezaubernd finden, wenn mein Leben davon abhinge, ich finde es einfach nur blöd. Jedes Mal, wenn sie wieder so etwas sagt, könnte sie genauso gut mit den Fingernägeln über eine Tafel kratzen. Sogar ihre *Stimme* kreischt. Vielleicht könnte sie lernen, in einer Tonlage zu sprechen, die sich nicht an Schwerhörige richtet! Dieser Stress, immer so zu tun, als würde ich mit ihr klarkommen, macht mich fertig.«

»Wenn du die Treffen einschränken möchtest …«

»Wenn es nur darauf hinausliefe, dass mir deine Freundin auf die Nerven geht, dann könnte ich einfach einen Bogen um sie machen, und wir könnten uns weiterhin Ausreden einfallen lassen, wieso ich beschäftigt bin und nicht mitkommen kann. Aber wenn wir wirklich übers Heiraten sprechen, dürfte es schwierig werden, dieses Ich-muss-irgendwo-anders-Sein für den Rest unseres Lebens aufrechtzuerhalten. Sie würde es merken. Und dann wäre es eine große Sache, und sie wie immer gekränkt und verletzt. Wobei, das könnte man vielleicht noch verkraften. Wenn das das einzige Problem wäre, könnten wir uns vielleicht irgendeine Choreografie ausdenken, die dafür sorgt, dass wir niemals im selben Zimmer sind. Es ist aber noch viel schlimmer. Sie führt sich auf, als gehörtest du ihr. Ich habe keine Ahnung, worüber ihr nach dem Tennis die ganze Zeit redet, denn du bist immer sehr viel länger weg als die paar Stunden, in denen ihr spielt. Und ich kann nicht anders, als darüber nachzugrübeln, ob ihr wohl über mich gesprochen habt. Der Gedanke, dass eure Gespräche vielleicht gar nicht so harmlos sind, quält mich, denn harmlose Themen sind doch normalerweise langweilig, darüber könntet ihr gar nicht so lange sprechen. Ich halte diese Paranoia nicht mehr aus. Es ist schlimmer als beim Therapeuten. Der muss wenigstens die Klappe halten und ein bisschen objektiv sein. Falls du also auch das Bedürfnis verspürst, dich einem normalen Menschen anzuvertrauen, einem rechtschaffenen Menschen, und ich werde schließlich deine Ehefrau, dann solltest du dich *mir* anvertrauen.«

»Ich kann mich doch mehr als einer Person anvertrauen, oder nicht?«

»Du kannst dich mehr als einer Person anvertrauen, wenn es ein *Mann* ist. Jetzt wirst du behaupten, ich sei *unsicher*. Vielleicht bin ich das auch, aber vielleicht habe ich jedes Recht dazu. Wenn ihr beide schon immer eine platonische Beziehung gehabt hättet, wäre das kein Thema. Ihr hattet aber was miteinander, und du hast erzählt, nicht nur einmal, sondern zweimal. Du hast es zwar heruntergespielt, aber für mich sah es trotzdem so aus, als wäre es beide Male eine große Sache für dich gewesen.«

»Wir hatten seitdem beide was mit mehreren Leuten. Das ist doch alles längst Vergangenheit.«

»Den Eindruck habe ich aber nicht. Ich spüre, da ist noch was zwischen euch. Es ist nicht … es ist eben nicht unbedenklich. Da bleibt diese Spannung, diese Energie zwischen euch, und ich bin davon ausgeschlossen. Wenn Jillian dabei ist, fasst du mich kaum an, ist dir das nicht aufgefallen? Im Grunde ist die Situation auch nicht ausgewogen. Ja, ich hatte ebenfalls Männer, aber dann habe ich mit ihnen Schluss gemacht oder sie mit mir, und wir sind getrennte Wege gegangen. In meinem Leben gibt es niemanden, der auch nur annähernd die Rolle von Jillian einnimmt. Ich treffe mich mit niemandem drei- oder viermal die Woche, nicht mal mit einer Freundin. Versuch dir doch wenigstens vorzustellen, wie du dich dabei fühlen würdest, wenn ich mich so oft mit einem meiner Ex-Freunde träfe. Und stundenlang auf einer Parkbank rumsitzen und Geheimnisse austauschen würde. Wärst du da etwa nicht verunsichert? Würdest du dir etwa keine Gedanken machen?«

»Die Hälfte der Zeit sprechen wir übers Vakuumgaren, zum Beispiel von Lachs.«

»Klar, die *Hälfte* der Zeit. Und was ist mit der anderen Hälfte? Würdest du etwa nicht darüber nachdenken? Und was wäre, wenn dieser Kumpel von mir schon lange keine Freundin mehr gehabt hätte und alles auf eine – um es mal milde auszudrücken – emotionale Abhängigkeit von mir hindeutete? Ich glaube, du würdest die Krise kriegen. Vor allem, wenn dieser hypothetische Jemand … denn das muss ich Jillian wirklich lassen, es würde mir vielleicht anders gehen, wenn sie nicht … scheißgut aussähe.« Paige fluchte nicht oft.

Vielleicht war das der Moment, in dem er hätte sagen sollen: *Nur bis zu einem gewissen Grad.* Oder: *Sie altert aber nicht sehr gut.* Oder: *Mir ist das so oder so nie aufgefallen.* Oder: *Stimmt schon, aber sie ist nicht mein*

*Typ.* Oder der Moment, um mit einer Notlüge noch eins draufsetzen: *Ich habe das vielleicht nie erwähnt, aber die Wahrheit ist, wir haben im Bett überhaupt nicht zusammengepasst.* Vielleicht hätte er auch aus reiner Loyalität fordern sollen: *Jetzt hör aber mal auf! Wenn ich wählen muss, stehst du immer an erster Stelle.* Kein Mann in seiner Position hätte jemals glaubwürdig bleiben und zugleich siegreich aus dieser Sache hervorgehen können.

»Es ist ja wohl nicht ihre Schuld, dass die meisten sie halbwegs attraktiv finden.« Wohlüberlegt. Aber selbst wenn dieses *Halbwegs* reine Schleimerei war, der Schuss ging wahrscheinlich gleich nach hinten los. Die Abschwächung hörte sich irgendwie ausweichend und herablassend an.

»Es geht nicht um die meisten.«

»Ich denke nie in dieser Weise an sie.«

»Das hast du mir schon mehrmals erzählt. Und was man wieder und wieder erzählt, hört sich irgendwann zwielichtig an. Als würde man sich selbst etwas einreden wollen.«

»Was soll ich denn noch alles sagen, damit du mir glaubst?«

»Es gibt nichts, was du sagen kannst. Das ist ja der Punkt. Du musst etwas *tun*.«

Weston wünschte sich plötzlich, es gäbe auch im wahren Leben einen Pauseknopf, so wie beim Streamen, wo man vor einer spannenden Szene einfach

Stopp drücken kann, um schnell aufs Klo zu gehen oder Knabberzeug zu holen. In der Zwischenzeit würde niemand den Protagonisten aus dem zwanzigsten Stock aufs Straßenpflaster hinunterstoßen. Als wollte er seine innere Fernbedienung aktivieren, saß er völlig reglos da. Wenn niemand etwas sagte und niemand sich bewegte, konnten er und Paige einfach in diesem Augenblick verweilen, ohne zum nächsten überzugehen. Sobald das Programm weiterlief, würden sie in einer anderen Welt leben, einer Welt, die nur schlimmer sein konnte. Wenn man etwas aussprach, gab es kein Zurück mehr. Denn im wahren Leben fehlte noch eine zweite Taste: die zum Zurückspulen.

»Du musst aufhören, sie zu treffen«, sagte Paige.

»Das ist ausgeschlossen.« Die Antwort kam wie ein Reflex.

Paige begann zu weinen. Jetzt erst fiel Weston auf, dass sie während ihres Gesprächs einen Abstand von fast zwei Metern gewahrt hatten, und jeder Mann, der jetzt nicht aufstand, um die in Tränen aufgelöste Liebe seines Lebens zu trösten, war ein Monster. Er war kein Monster.

»Das habe ich auch zu meiner Schwester gesagt, dass du so reagieren würdest.« Sie schluchzte an seiner Schulter und hinterließ einen kleinen Rotzfaden auf seinem Hemd. »Und es ist okay. Irgendwie ist das alles meine Schuld. Ist ja nicht das erste Mal, dass ich mich in den Falschen verliebt habe. Ich habe die Situation nur nicht gleich ... durchschaut. Ich habe dich beim Wort genommen, habe dir geglaubt, dass du frei bist, aber das bist du gar nicht. Denn ich glaube, du warst schon von Anfang an in Jillian verliebt. In *Frisk*. Sie liebt dich wahrscheinlich auch, und ich weiß wirklich nicht, warum ihr beide nicht längst zusammen seid. Anscheinend habt ihr bisher nur ein schlechtes Timing gehabt, aber ich hoffe, du klärst das. Sonst wird deine nächste Freundin dasselbe durchmachen wie ich. Ich wünschte, ich hätte früher erkannt, was los ist, denn für mich ist es zu spät. Ich werde mich jetzt schrecklich fühlen. Ich hätte dich so gerne geheiratet. Und ich dachte wirklich, dass ich nach so vielen Sackgassen endlich den Richtigen gefunden hätte. Doch es ist, wie Lady Di einmal gesagt hat: ›Es waren drei von uns in dieser Ehe.‹ Ich kann dich nicht heiraten, wenn das bedeutet, dass ich ständig aufpassen und mich fragen muss, wo du bist und was du über mich sagst und warum du so lange brauchst, um vom Tennisplatz nach Hause zu kommen.«

In jener Nacht hatten sie Sex, aber eher in dem Sinne, dass Paige sich auf seinem Altar opferte. Sie war zu offen, wehrlos, beinahe auseinandergegrätscht. Alles fühlte sich verzerrt an. Als er in sie eindrang, konnte er nicht anders, als die einzelne Träne zu sehen, die ihr über die Schläfe und in die Ohrmuschel rann. Er fürchtete so sehr, sie würde denken, es sei das letzte Mal, dass er sich nicht zu fragen traute. Als ihr Wecker klingelte, stand er trotz des Schlafmangels mit ihr auf, als wäre sie jetzt diejenige, der man nicht trauen könnte und die man im Auge behalten müsste.

Bevor sie zur Arbeit ging, wo sie nutzlos herumsitzen und von Kollegen gefragt werden würde, was mit ihr los sei, warum ihr Gesicht so aufgequollen und malträtiert aussehe und ihre Augen rot unterlaufen und zugeschwollen seien, bat er sie, sich noch einmal mit ihm an den Tisch zu setzen. »Hör zu«, sagte er. Das sei wirklich zu viel verlangt. Er und Frisk seien seit … »Jaja«, unterbrach ihn Paige erschöpft, »seit *fünfundzwanzig Jahren* sehr gut befreundet.« Er sei nicht unwillig, ihrer Bitte uneingeschränkt nachzukommen, sagte er. Aber er sei eben kein impulsiver Typ und würde länger brauchen als andere, um sich eine Meinung zu bilden. Sie müsse ihm Zeit geben, darüber nachzudenken. Er müsse erst einmal herausfinden, worüber er überhaupt nachdenken sollte. Die Details. Sie verlange also nicht von ihm, dass er Frisk weniger häufig sähe oder in Begleitung anderer, nein, er müsse ganz mit ihr brechen? Paige nickte. Und das galt auch fürs Tennis? Als er diesen letzten Punkt klären wollte, fiel es ihm schwer, die Worte herauszubringen. In gewisser Weise, sagte sie, gelte es vor allem fürs Tennis. Okay, sagte er, und wie viel Zeit gebe sie ihm? (Er machte sich Sorgen, dass er damit zu geschäftsmäßig klingen könnte, aber das Ganze hatte eindeutig etwas von der Aufsetzung eines Vertrags.) Zum ersten Mal seit ihrer Implosion die Nacht zuvor sah Paige ein kleines bisschen weniger niedergeschlagen aus, nein, ein kleines bisschen weniger *zerstört*. Sie hatte noch nie *niedergeschlagen* ausgesehen, sondern *zerstört*. »Wie viel Zeit?«, wiederholte sie. Für den Fall, dass er wirklich tue, was sie verlangte, und sie doch noch heiraten könnten? Nun, sie hätte sich als seine Freundin offenbar länger damit abgefunden, als sie es hätte tun sollen. Aber als seine Ehefrau würde sie das nicht mehr hinnehmen. In der Annahme, dass sich ihre Verlobung nicht wie vor hundert Jahren ewig hinziehen würde, hätte er bis zum Hochzeitstag Zeit, reinen Tisch zu machen, auf Wiedersehen zu sagen und Jillian alles Gute zu wünschen – oder was auch immer die Leute sagten, wenn sie einander nie wiedersähen.

»Wir leben in einer Kleinstadt«, erinnerte er sie. »Wir werden uns sowieso über den Weg laufen.«

»Ok, ich werde mich nicht lächerlich machen«, sagte Paige und verdrehte die Augen. »Du kannst immer noch Hallo sagen. Doch nach einer Weile wirst du merken, dass du ihr damit einen Gefallen getan hast. Wieso ist eine so gut aussehende Frau mit Mitte vierzig noch ledig? Sie mag es nicht wahrhaben wollen, aber sie scheint an dir festzuhalten. Auf jeden Fall benutzt sie dich als Krücke. Wenn du sie loslässt, findet sie vielleicht jemanden. So wie die Dinge gerade stehen, hält sie es nicht einmal für nötig, online zu daten oder sonst irgendetwas zu unternehmen. Sie hat ja immer ihren *Baba*, ihren Kuschelbären.«

Und dann war da noch eine letzte Bedingung. Was die Hochzeit betraf, falls es je eine geben würde, und jetzt (nur jetzt) klang Paige rachsüchtig: »*Sie ist nicht eingeladen.*«

N achdem Paige zur Universität aufgebrochen war, ließ sich Weston ihr Gespräch noch einmal durch den Kopf gehen und realisierte, wie erschreckend schnell sie die Zeitform gewechselt hatten, vom Konjunktiv zum Futur und dann wieder zurück in die Gegenwartsform. Aus »du *hättest* bis zum Hochzeitstag« war unmerklich »wir *werden* uns über den Weg laufen« geworden, woraufhin Paige ihm

erlaubt hatte: »Du kannst immer noch Hallo sagen.«
Obwohl die Entscheidung offiziell noch nicht gefallen war, ging ihm die bloße Grammatik dieses Di-
lemmas zu schnell. Sie entglitt ihm.

Es musste an einem Tennistag geschehen. Paige
hatte sich den Termin der laufenden Woche vorge-
merkt und war noch in der Tür auf ihn losgegangen:
»Heute erzählst du ihr alles, ja? Über unser Gespräch,
über mein furchtbares Ultimatum, und dann werdet
ihr *gemeinsam* entscheiden, was zu tun ist.«

Die üble Wendung in dieser letzten Bemerkung,
die er unbeantwortet ließ, zeigte mit aller Deutlich-
keit, wie unhaltbar die Situation über Nacht geworden war. An diesem Morgen hatte er sich seinen
Status der Unentschiedenheit durch stoische Be-
herrschung gegenüber Paige bewahrt, um mehr Zeit
für sich herauszuschinden und die Sache von allen
Seiten betrachten zu können. Doch ohne eine Lö-
sung würde er es kaum einen Tag länger mit Paige
unter demselben Dach aushalten. Und je länger er
sie auf eine Antwort warten ließ, desto stärker signa-
lisierte er, dass er hin- und hergerissen und ihm die
Ehe mit Paige nicht *wichtig genug* sei, um ein Opfer
zu bringen, ja, dass ihm seine Freundschaft mit Frisk
*zu* wichtig sei. In Gedanken käute er alles wieder und
wieder – er war es einfach nicht gewohnt, etwas
unternehmen zu müssen, anstatt es nur von allen
Seiten zu erwägen. Die schonungslose Wahrheit war:

Heute Abend musste er dafür sorgen, dass der Zünder an seiner Freundschaft mit Frisk tickte, oder Paige würde ausziehen.

Bei einer matschigen Schale Müsli hagelten Fetzen jener schroffen Kritik an Frisk unablässig auf ihn ein wie Granatsplitter. Er musste zugeben, dass einige von Paiges Vorwürfen in gewisser Weise zutrafen. Frisk war ein wenig selbst… selbstsüchtig, selbstbezogen, mit sich selbst beschäftigt? Doch war nicht jeder selbstirgendwas? Vielleicht wirkte er nach außen hin nicht so, aber auch er war vollkommen und unverzeihlich selbstbezogen. Sein eigenes Wesen mochte die Quelle von endloser Frustration gewesen sein, aber auch von unerschöpflicher Faszination, und zwar so unerschöpflich, dass er die Erforschung von Weston Babansky für seine eigentliche Berufung hielt.

Außerdem fragte er sich, ob es nicht möglich sei, jede x-beliebige Person mit Worten zu beschreiben, die treffend waren und sie zugleich zerfleischten. Legte man es darauf an, so konnte man wahrscheinlich über jeden Menschen auf diesem Planeten herfallen und seine Persönlichkeit in Stücke reißen, die Frage war nur: Warum sollte man? Und manchen Menschen war es offenbar vorbestimmt, häufiger in die Schusslinie zu geraten als andere. Frisk besaß diese extravagante Art, mit der sie sich immer in den Vordergrund drängte. Sie war ein Stück weit gewöhnungsbedürftig, aber Weston hatte sich an sie gewöhnt. Jetzt sorgte er sich, dass Paiges Anschuldigungen ihn kritischer stimmen und empfänglicher dafür machen könnten, ebendas, was er bisher als Frisks Stärken aufgefasst hatte, als ihre Fehler zu verbuchen. Letztlich konnte man doch jede Tugend als Schwäche verstehen. Optimismus konnte auch als Leichtgläubigkeit herüberkommen. Selbstsicherheit als Arroganz. Er musste sich also vorsehen, Paiges harsche Kritik Frisk gegenüber nicht zu wiederholen, und gleichzeitig aufpassen, dass er die Hetzrede in seinem Kopf nicht weiter einstudierte. Allein die Erinnerung daran ließ ihn erschaudern. Aus gutem Grund nannte man so etwas *Rufmord*. Denn er fühlte sich tatsächlich wie der Zeuge eines Mordes.

Erschöpft, wie er war, würde er auf dem Tennisplatz ziemlich träge sein. Diesmal freute er sich nicht einmal auf seinen ersten Treffer.

Als er an jenem Nachmittag seine Ausrüstung zusammensuchte, fühlte sich Weston, als würde er durch einen Fluss waten. Eine Sache musste er Paige lassen: Er schuldete ihr eine ernsthafte Gewissensprüfung. Vielleicht stimmte tatsächlich etwas nicht mit seiner Beziehung zu Frisk, vielleicht war doch etwas anstößig daran. Vielleicht überschritten sie eine Grenze. Zugegeben, Paige verlangte ihm nicht dieselbe Aufgeschlossenheit ab. Er konnte sich nur schwerlich eine ähnliche Situation vorstellen, in der Paige verschwinden würde, um mehrere Stunden mit einem anderen Mann zu verbringen, dessen Absichten er misstraute. Der imaginäre Rivale blieb zwar ein Hirngespinst, aber Paige behielt recht: Er würde es nicht mögen.

Vermutlich würden sie lernen, einfach nur Hallo zu sagen, wenn sie sich auf der Straße als regelrechte Fremde begegneten, aber über eine derart formelle Begrüßung machten sie sich jetzt noch keine Gedanken. Frisk stand an ihr Fahrrad gelehnt, hatte den Helm abgenommen und das Stirnband angelegt, um nun die Augenbrauen hochzuziehen und streng auf ihre Armbanduhr zu tippen. Er war eine Viertelstunde zu spät.

Der schweigende Vorwurf besänftigte sie, und so ließ sie ihren Ärger direkt wieder hinter sich. »Weißt du was, ich schwebe im siebten Himmel, seit du bei mir warst und den Kronleuchter gesehen hast«, plapperte sie auf dem Weg zum Netzpfosten. »Ich freue mich so sehr, dass er dir gefällt!«

Am liebsten hätte er gefragt: *Beunruhigt es dich nicht, dass meine Reaktion auf dein Lampendings – oder meine Reaktion auf überhaupt alles – dir vielleicht zu viel bedeutet?* Aber er tat es nicht.

»Du bist still heute«, stellte sie fest, während sie ihren Dunlop 700 aus der Hülle zog.

»Ich habe kaum geschlafen.«

»Du hast doch nicht wieder Depressionen, oder?«

»Schon möglich.«

Frisks violette Shorts waren ein wenig knapp, und während er sie zur Grundlinie tänzeln sah, kam Weston zu dem Schluss, dass sie keine Unterwäsche trug. Sie sollte aber Unterwäsche tragen, nicht wahr? Elastische Sportunterwäsche oder so – etwas Weites und Schlichtes aus Baumwolle.

*Stand er noch auf sie?* Nun, was bedeutete das überhaupt? Dass er über sie herfallen wollte? Dass er sich ausmalte, sie zu vögeln? Nein. Zumindest dachte er das. Er hatte sie gevögelt, doch der Klang dieses Wortes gefiel ihm nicht, obwohl er da sonst nicht gerade zimperlich war. Natürlich konnte er sich gut an die Phasen erinnern, in denen sie es getan hatten, beide jeweils nur einige Monate lang, aber in seinem Kopf dehnten sie sich zu ein paar Jahren aus. Die Erinnerungen glichen eher einer zerklüfteten Abfolge von Standbildern als einem Video. In den seltenen Momenten, in denen diese Bilder seine Gedanken streiften, neigte er dazu auszuweichen. Sobald Frisks nackter Körper in seiner Vorstellung auftauchte, hatte er das Bild auch schon gelöscht.

»Baba, ich weiß, du bist müde«, schrie sie über

das Netz, »aber wenn ich aufschlage, stehst du normalerweise nicht einfach nur herum!«

»Tut mir leid«, antwortete er von der Grundlinie aus. »Ich bin unkonzentriert.«

Sie war eine ansehnliche Frau, und er ein kerngesunder heterosexueller Mann, dessen Testosteronwerte noch nicht auf null gesunken waren. Sie hatte tolle Beine, lang und sehnig, mit gut entwickelten Wadenmuskeln, obschon die Haut oberhalb ihrer Knie mit Anfang vierzig faltig zu werden begann. Sonst aber war ihre Figur noch straff, ihr Haar irrwitzig schön. Er liebte ihr Gesicht, obwohl er nicht wusste, was das eigentlich hieß, außer dass es tatsächlich stimmte: Er liebte ihr Gesicht. Blaue Augen mit einem Grünstich, dünne Lippen und einen etwas zu breiten Mund – er mochte ihn so. Und doch war diese Aufschlüsselung nicht hilfreich. Er schätzte ihre *Präsenz*. Er war ihre *Präsenz* gewohnt, fühlte sich wohl mit ihr, und ihre gesamte Erscheinung war einfach nichts ohne dieses Auftreten: das brüllende Lachen, die ulkigen Ideen und die unzuverlässige Rückhand cross. Und so lautete seine wertlose Antwort zum aktuellen Stand der Ermittlungen: *Ich weiß es nicht*.

Wenigstens steuerte Weston nun entschlossen auf den Ball zu, fokussierte ihn, was jedes weitere mentale Wiederkäuen unmöglich machte, das ja ohnehin zu nichts führte. Sie waren in vielerlei Hinsicht gut

eingespielt, aber wer wen besiegte, schwankte dras-
tisch von Spiel zu Spiel, von Stunde zu Stunde. Gegen Ende hatte er schließlich die Überhand. Tatsächlich lief er in den letzten dreißig Minuten zur
Höchstform auf, vor der er sie vielleicht – und womöglich unbewusst – häufig bewahrt hatte. Für eine
Frau hatte Frisk einen harten Aufschlag, aber er war
und blieb als Mann im Vorteil, wenn er ihn denn für
sich beanspruchen wollte.

»Ich hatte fast das Gefühl, du seist wütend«, sagte
sie später auf der Bank. »Ich bin es ja gewohnt, dass
du wütend auf dich selbst bist, aber am Ende sah es
so aus, als sei deine Wut gegen mich gerichtet.«

Der Abstand zwischen ihrem und seinem Ober-
schenkel betrug höchstens zwei Zentimeter. Was
nicht genug war, wenn sie keinen Slip trug, also
rückte Weston diskret ein Stückchen zur Seite.

»Ich bin dir nicht böse. Ich habe nur ausnahmsweise versucht, dir zu folgen.«

Er war entsetzt, dass sie sein Dementi so bereit-
willig hinnahm – »Du hast mich auf jeden Fall fix
und fertig gemacht!« –, um dann nahtlos zum eigent-
lichen Gegenstand ihres Interesses überzugehen:
»Übrigens, du hattest recht mit dem Weihnachts-
baumvergleich. Ich habe angefangen, den Kronleuchter nachts anzulassen, alle anderen Lichter
aber auszuschalten, und er hat eine magische Wirkung. Als ich klein war, bin ich jeden Tag im De-

zember um sechs Uhr morgens aufgestanden, sogar in den Schulferien, um ganz leise Ravels ›Pavane für eine tote Prinzessin‹ zu hören und im Licht unseres Weihnachtsbaums zu baden. Ich war jedes Mal am Boden zerstört, wenn meine Eltern schließlich entschieden, der Baum sei nun vollends vertrocknet und könne leicht Feuer fangen. Aber jetzt muss ich ihn nie wieder entsorgen.«

Er ärgerte sich über sie, und das war ein schreckliches Gefühl. Vielleicht hatte Paige recht, dass diese Kronleuchterkonstruktion egozentrisch war. Außerdem war ihm bisher nie aufgefallen, wie oft seine Tennispartnerin ihn beim Reden am Arm berührte.

Frisk erzählte weiter, wie sie damit begonnen habe, ihr eigenes Kimchi zuzubereiten, und inzwischen ihr ganzes Haus danach rieche. Im Gegenzug erzählte er ihr von einem neuen Rezept für Krabbenpuffer, das er kürzlich ausprobiert hatte, doch sein Herz war so wenig bei der Sache, dass er vergaß, das Mango-Chutney zu erwähnen, und genau das war der Clou daran.

Westons aufeinanderfolgende Trugschlüsse waren nicht vorsätzlich. Trotzdem musste er sich allmählich mit der Frage beschäftigen, die schwer auf ihm lastete: *Stimmt hier etwas nicht? Haben wir die ganze Zeit etwas falsch gemacht?* Nachdem Frisk also berichtet hatte, wie letzte Woche einer ihrer Nachhilfeschüler so üble Fürze von sich gegeben hatte – »es muss wohl einen physikalischen Übergangszustand zwischen gasförmig und fest geben« –, dass sie sich immer wieder für einen Toilettenbesuch oder einen Schluck Wasser hatte entschuldigen müssen, nur um aus dem Zimmer gehen zu können, sagte er: »Aha, interessant. Ich habe Paige gestern Abend einen Heiratsantrag gemacht.«

Die Bombe auf diese Weise platzen zu lassen war ein Experiment. Er beobachtete ihr Gesicht. Das Gesicht, das er liebte – eine Liebe, die entweder harmlos oder unredlich war. Was auch immer in diesem Gesicht gerade passierte, es war kompliziert. Was für sich genommen schon etwas hieß. Frisks Schweigen implizierte, dass sie die Lage abzuschätzen versuchte. Doch würde man auch gute Nachrichten *abschätzen*?

»Wow«, sagte sie nach dieser ausgedehnten Pause. »Du sitzt hier die ganze Zeit rum und erklärst mir ein wenig überzeugendes Krabbenpufferrezept, und dann kommt plötzlich: ›Ich werde heiraten, aber bitte denk an den Koriander?‹«

»Seit wann erzählen wir uns das Wichtigste zuerst?«

»Wenn heute Morgen ein Raumschiff mit Aliens auf dem Rasen der Chevaliers gelandet wäre, hätte ich das sicher vor der Geschichte mit dem Furzjungen erzählt.«

*Setzt Paige mit einem Eindringling aus dem All gleich.*

»Hast du diesen Antrag schon länger geplant?«

*Von vornherein nur damit beschäftigt, ob er ihr seine Pläne vorenthalten hat.*

»Eine Zeit lang.«

»Es überrascht mich, dass du das nie erwähnt hast. Mister Mysteriös!«

*Schlussfolgerung bestätigt. Dem Subjekt ist die privilegierte Kommunikation mit vermeintlich »bester Freundin« wichtiger als der lebensverändernde Inhalt der Enthüllung. Hinweise auf Narzissmus und/oder ungesunde Besessenheit mit Baba-Frisk-Beziehung.*

»Ist ja nicht so, als würde ich dir alles vorher erzählen«, sagte er.

»O doch, das tust du!«, rief sie aus und stupste ihn wieder in den Arm.

»Ich erzähle mir nicht mal selbst alles.«

»Du erzählst mir immer, was du dir selbst noch nicht erzählt hast. Dafür bin ich doch da.«

»Gelegentlich rede ich auch mit meiner Freundin«, erinnerte er sie.

»Für den Menschen, den man liebt, muss man alles umschreiben. Deswegen kann ich nur dir erzählen, dass die Aussage ›ich bin so erregt‹ ein totaler Abturner ist. Zu Sullivan hätte ich das in einer Million Jahren nicht gesagt.«

*Stillschweigende Zurückstufung von Baba-Paige-Beziehung. Heiratsantrag dagegen emotionaler Trumpf,* handfester Beweis für die Vorrangstellung der Baba-Paige-Beziehung. *Subjekt leugnet.*

»Du hast noch nicht mal gefragt, ob Paige Ja gesagt hat«, sagte er.

»Natürlich hat sie das. Sie ist dir doch total verfallen. Ich wundere mich nur, dass du nicht unser Tennismatch abgesagt hast, weil sie dich gleich zum Standesamt schleppen wollte.«

*Assoziiert Eheschließung mit Nicht-mehr-Tennis-Spielen. Gut geraten, rein zufällig, aber für Subjekt gleichbedeutend mit Ende der Welt (siehe Alien, Paige gleich Katastrophe und Armageddon). Erneut: Paige und Heirat gleich Bedrohung.*

Bei genauerer Betrachtung – er hatte schließlich viel Therapieerfahrung – fügte Weston noch eine zweite Notiz hinzu: *Beschreibt Baba-Paige-Beziehung in Begriffen, die auf emotionales Ungleichgewicht hinweisen. Sagt lieber, dass Paige Baba verfallen sei als umgekehrt. Geht davon aus, Paige sei die treibende Kraft hinter der Eheschließung (zum Standesamt schleppen), und schreibt Baba damit Passivität oder Unwillen zu.*

»Du scheinst dich gar nicht zu freuen«, brachte er behutsam vor, als würde er einen chemischen Katalysator mit der Pipette in ein Reagenzglas träufeln.

»Vielleicht würde ich mich mehr freuen, wenn du glücklicher wirken würdest. Aber du bist heute so mürrisch. Ich habe dich doch vor dem Spiel gefragt, ob du schlecht drauf bist, und du hast das bestätigt.

Wäre doch zu erwarten, dass du dich nach der großen Frage besser fühlst. Komm schon«, noch eine Berührung, diesmal an der Schulter, »vielleicht nicht unbedingt Freudensprünge und Jubelschreie, aber wenigstens ein Lächeln?«

*Sucht nach Anzeichen dafür, dass Baba Paige nicht wirklich heiraten will.*

Sein obligatorisches Lächeln wirkte gequält.

»Bist du dir sicher, dass das eine gute Idee ist?«, bohrte sie weiter.

*Versucht aktiv, Baba von der Heirat mit Paige abzubringen.*

»Wann bin ich mir schon einer Sache sicher?«, fragte er. »Nur dass ich ihr offensichtlich einen Antrag gemacht habe, also muss ich wohl, alles in allem, entschieden haben, dass es – ja – ›eine gute Idee‹ ist.«

»Was beunruhigt dich dann?«

*Übertreibt absichtlich, was Baba für eine sorgsam kontrollierte Gefühlsanwandlung hält.* Doch Weston konnte die klinische Distanz eines Arztes nicht länger aufrechterhalten und legte seinen imaginären Stift nieder.

*Warum bin ich beunruhigt?*, überlegte er. *Lass mich die Gründe dafür nennen. Weil ich damit begonnen habe, die Dinge aus Paiges Perspektive zu betrachten, und das will ich nicht. In ihren Augen bin ich entweder ein grausamer Fremdgeher oder einfach nur ein Wahn-*

sinniger. Offenbar war das mein Versuch, euch beide zu haben, und zwar auf Kosten einer guten Frau. Aus purer Selbstsucht habe ich meine angehende Verlobte unnötigen Leiden ausgesetzt. Ich höre schon mein ganzes Leben lang, dass Männer und Frauen keine Freunde sein können. Und habe die eitle Vorstellung genährt, du und ich, wir wären die Ausnahme von dieser Regel. Nicht unbedingt weil es wahr ist, sondern weil es mir gut in den Kram gepasst hätte, eine Ausnahme zu sein: Ich kann den ganzen Kuchen haben und sogar weiter Tennis spielen. Ich bin aber auch beunruhigt, weil ich dich liebe, und egal, ob diese Liebe verdorben ist oder eine im Verborgenen vor sich hin züngelnde Flamme, egal, ob sie meine Fähigkeit beeinträchtigt, mich voll und ganz und ohne jeden Vorbehalt auf eine andere Frau einzulassen, es ist immer noch Liebe, in all ihrer nahezu unzerstörbaren Schrecklichkeit, und ich bin kurz davor, mir mit dem Vorschlaghammer das eigene Herz zu zertrümmern.

»Oh«, sagte Weston locker. »Du weißt doch, wie launisch ich bin.«


Jillian dachte zwangsläufig über die Angelegenheit nach und wäre gern glücklicher darüber gewesen, was jedoch etwas ganz anderes war, als glücklich zu sein. Viele Menschen sind überglücklich, wenn sie selbst heiraten, aber man jubelt doch nicht und singt

Halleluja, wenn die anderen heiraten. Aus nachvoll-
ziehbaren Gründen warfen Babas neue Lebensum-
stände sie auch auf sich selbst zurück. Ihr letztes
Date lag über ein Jahr zurück, und daher ließ seine
Ankündigung sie etwas nachdenklich werden, um
nicht zu sagen: Sie konfrontierte sie mit der Sorge,
ob es ihr Schicksal sei, in erster Linie Single zu bleiben. Es gab Schlimmeres, selbstverständlich. In Jillians Erfahrung hielt Freundschaft länger als Liebe;
Freundschaft hatte ihr immer eine gewisse Gemein-
schaft geboten, die so gut war wie eine Ehe, vielleicht
sogar besser.

Wenn sie sich – wie Baba es so gern tat – genau
unter die Lupe nahm, war sie eigentlich nicht traurig
oder verärgert oder ausgeschlossen, denn sie gehörte
ja bereits zu Babas und Paiges sozialem Leben. Paige
hatte sich an die ehemalige Studienfreundin ihres
Partners gewöhnt und an ihrer beider Vertrautheit,
die auch anhielt, als sie beide endgültig erwachsen
waren. Kein Grund also zu denken, es würde sich
nach der Hochzeit etwas ändern. Von den Flitter-
wochen einmal abgesehen, wären sie sicherlich bald
wieder bei ihren drei Tennismatches pro Woche mit
anschließendem Sinnieren auf der Bank sowie gelegentlichen Dinnern zu zweit, zu dritt oder mehreren, geölt und besänftigt durch das eine oder andere
Trankopfer.

Jede eigennützige Betroffenheit darüber, dass

Baba sich selbst vom Markt nahm, wäre irrational gewesen. In früheren Jahren hatten sie beide Gelegenheit gehabt, einander als potenzielles Heiratsmaterial zu umwerben, und sie waren beide davongelaufen. Sie als Paar, das sollte eben nicht sein. Was sein sollte, war genau das, was sie jetzt waren. Und tatsächlich war es Jillian gewesen, die ihre letzte gemeinsame Runde beendet hatte. Diese Frauen, die beleidigt taten, wenn andere Frauen ihre Abgelegten aufgabelten, hatte sie noch nie leiden können. Entweder wollte man einen Mann, oder man wollte ihn nicht. Dann brauchte man rückwirkend aber auch keine Besitzansprüche mehr erheben – man ärgerte sich schließlich auch nicht über einen Nachbarn, der in einem T-Shirt herumlief, das man der Heilsarmee gespendet hatte.

Und trotzdem gerieten die folgenden Wochen auf undefinierbare Weise aus dem Lot. Wenn dieser Sommer ein Bett gewesen wäre, dann wäre es jetzt ungemacht und zerwühlt gewesen. Baba sagte häufiger als zuvor ihre Tennistermine ab (wenn er sie überhaupt absagte). Blöd gelaufen, und das nachdem sie sein Zuspätkommen an jenem Nachmittag im Mai, als er den verblüffend bleiernen Bericht über seinen Heiratsantrag ablieferte, noch stillschweigend übergangen hatte. Nun wurden seine Verspätungen chronisch. Sie wartete zwanzig Minuten lang, zappelte vor Nervosität, weil sie Nr. 3 (ihren Lieblingsplatz, und wenn auch nur aus alter Gewohnheit) verlieren würden, denn ein einzelner Spieler durfte keinen Tennisplatz besetzen. Als Baba endlich auftauchte, war Jillian schon so sauer, dass sie mit einer Laune spielte, die mit dem beschwingten Sinn der ganzen Unternehmung nicht mehr in Einklang zu bringen war.

Es war auch der Sommer, in dem sie einen merkwürdigen Tick beim Durchziehen ihrer Vorhand entwickelte, ein fatales Abknicken des Handgelenks, sobald der Ball auf die Saiten traf, wodurch der Schlag immer im Netz hängen blieb. Die beiden hatten eine Gemeinsamkeit, die ihnen auf dem Tennisplatz sehr zupasskam: Genau wie Weston ärgerte auch Jillian sich bitterlich über ihre eigenen Fehler, hatte auf der anderen Seite aber eine endlose Geduld, was die Frustration ihres Spielpartners betraf. Folglich hätte Jillian erwartet, dass ihre komische Zuckung vor allem ihr selbst auf den Geist gehen würde, nicht aber, dass sie Baba genauso in Rage brächte wie sie.

»Du solltest dir wirklich überlegen, ein paar Unterrichtsstunden zu nehmen«, erklärte er während einer Trinkpause gereizt. »Um es auszubügeln.«

Sie war perplex. »Seit wann nehmen wir Tennisstunden?«

»Mit ein wenig Bescheidenheit kann man es in diesem Sport weit bringen, und ein paar Stunden mit einem Profi wirken manchmal Wunder. Du könntest bestimmt einen Trainer an der William and Lee finden, der nebenbei Privatunterricht gibt. Und es kostet auch nicht viel. Wenn du meinst, es dir nicht leisten zu können, machst du einfach wieder diese Führungen und zeigst Touristen die Sehenswürdigkeiten von Lexington.«

Weston wusste ganz genau, dass sie diesen Job aufgegeben hatte, weil man ihrem Wunsch nicht hatte entsprechen wollen, ihr die Montag-, Mittwoch- und Freitagnachmittage freizugeben.

»Ich weiß ja, was ich falsch mache«, sagte sie. »Ich kann nur nicht aufhören damit.«

»Wenn ich weiß, dass ich etwas falsch mache«, erwiderte er angespannt, »dann höre ich damit auf.«

Besonders befremdlich war Babas neuer Widerwille, nach dem Spiel noch zu bleiben. Plötzlich hatte er immer einen Termin oder Paige ein frühes Abendessen versprochen. Versuchte er etwa, ein neues Protokoll einzuführen, jetzt, da er in den Hafen der Ehe einlief? In der Zwischenzeit hatte Jillian eine Einladung zum Abendessen zu dritt ausgesprochen, wie sie es sonst auch getan hatten, und Baba daran erinnert, dass seine Verlobte den »Aufrechten Kronleuchter« immer noch nicht zu Gesicht bekommen hatte, der bei anderen Freunden größte Begeisterung ausgelöst hätte. Doch das Paar konnte sich einfach nicht auf einen Termin einigen. Sie wusste, dass

Baba durch Paige zu einem größeren Freundeskreis gekommen war, was auch schön und gut war, denn in der Vergangenheit hatte er, vom Tennis abgesehen, manchmal wochenlang nur vorm Computer gehockt, wenn Jillian ihn nicht gerade vor die Tür zerrte. Trotzdem hatte sie es nicht für möglich gehalten, dass er sich in eine dieser Stechmücken verwandeln könnte, die Nacht für Nacht unterwegs sind. Ohnehin schwer hinzukriegen in einem Städtchen mit achttausend Einwohnern.

Sie hätte Verständnis für seinen Stress und seine Unaufmerksamkeit aufgebracht, wenn er und Paige gerade eine gigantische Hochzeit geplant hätten. Doch die Feier am sechsundzwanzigsten August sollte bescheiden ausfallen. Die Einladungen wurden offensichtlich per E-Mail an weniger als fünfzig Gäste geschickt (Jillian überraschte es, dass sie überhaupt ein paar Dutzend Gratulanten zusammenbekommen hatten, nachdem Baba so lange Einzelgänger gewesen war, aber jeder hatte ja irgendwo noch Cousins und Cousinen). Sie verzichteten auf einen DJ und ein Catering mit Kuchen und Bonbontütchen, wie es die Pakete der Hochzeitsindustrie vorsahen, und entschieden sich stattdessen für eine schlichte Feier mit anschließendem Mitbring-Picknick. Um den Tag für die von auswärts Angereisten feierlich ausklingen zu lassen, sollte es dann daheim im Nurdachhaus eine Party mit Drinks und Snacks und von Babas MacBook gestreamter Musik geben. Von all dem würde höchstens die Zusammenstellung der Playlist die Zeit ihres Tennispartners in Anspruch nehmen.

Jillian hatte angeboten, die Chevaliers zu fragen, ob sie vielleicht bereit wären, ihr Grundstück für das Picknick zur Verfügung zu stellen. Im August gedachten die Herrschaften, sich in Byron Bay, Australien, aufzuhalten, und Jillian war recht zuversichtlich, dass sie das Picknick erlauben würden, solange sie hinterher alles aufräumten. Die sanften Hügel und der satte Rasen, das alles sei doch so viel intimer als der Boxerwood-Naturpark und auch nicht so unpersönlich wie der Golf and Country Club, der außerdem ein Vermögen kostete ...

»Jordan's Point Park«, unterbrach er sie. »Dort ist es schön, es ist öffentlich, und man kann sicher sein, dass man keinem schnell beleidigten Schnösel auf den Schlips tritt. Trotzdem vielen Dank.«

Er hörte sich nicht besonders dankbar an.

»Okay, war ja nur so 'ne Idee.«

In der vierten Juliwoche wurde Jillians Vorhandknick schlimmer als je zuvor, und sie verlor allein deswegen jeden dritten Punkt. Ihre andauernden Entschuldigungen machten sie bescheiden, und Bescheidenheit nahm ihren Schlägen die Kraft. Dabei hatte Baba gerade das an ihrem Stil geschätzt: dass sie immer genauso kraftvoll austeilte, wie sie einsteckte. Jetzt spielte sie wie ein Mädchen. Sie spielte wie ein Mädchen, das schlecht spielt. Tennis war ohnehin schon anstrengend genug, auch ohne die Sorge, der Partner könne sich langweilen oder keinen Spaß mehr haben. Und er hatte keinen Spaß, oder zumindest wirkte es an jenem Freitag von ihrer Seite des Netzes aus so, als er plötzlich mehrere Punkte durch eigenen Leichtsinn an sie verlor; seine Bewegungen waren träge, so als hätte er keine Lust, ihren trostlosen kurzen Aufschlägen hinterherzujagen. Jillian gab sich alle Mühe, nicht beleidigt, zickig oder weinerlich zu reagieren, und stellte stattdessen sachlich und unanfechtbarerweise fest, dass das Spiel heute nicht funktionierte. Als sie gerade beide die Bälle am Netz einsammelten, schlug sie vor, frühzeitig abzubrechen. Es war das erste Mal seit fünfundzwanzig Jahren, dass sie ihr Match ohne triftigen Grund, ohne Regen, Dunkelheit, Verletzung oder Hagelsturm abkürzten.

Weil sie eine halbe Stunde früher aufhörten, konnte Baba diesmal nicht behaupten, er müsse schnell weg.

»Tut mir leid«, wiederholte sie auf der Bank. Es waren bestimmt über dreißig Grad, aber sie hatte den Aufschlag so oft vermasselt, dass sie kaum ins

Schwitzen gekommen war. »Vielleicht sollte ich tatsächlich ein paar Privatstunden nehmen.«

»Ja, vielleicht«, gab er zurück und starrte mit gläsernen Augen vor sich hin. Er schien nicht mehr viel von seinem Ratschlag zu halten.

Als beide einige Minuten lang schwiegen, war nichts von der Gelassenheit zu spüren, die ihr stilles Miteinander sonst ausmachte. Die Stimmung war merkwürdig. So merkwürdig, wie sie mit jeder anderen Person gewesen wäre.

»Baba.« Sie holte tief Luft. »Gibt es einen bestimmten Grund dafür, dass ihr nie die Zeit findet, zu mir zum Abendessen zu kommen?«

»Wir haben ziemlich viel zu tun. Aber ... es könnte schon sein, dass ich Paige beschützen möchte.«

»Wovor denn?«

Seine Knie knetend, schien er mit einem Impuls zu kämpfen und ihn schließlich zu bezwingen, um dann mit verbissener Entschlossenheit fortzufahren: »Gib's doch zu, Frisk. Du warst von Anfang an nicht mit diesem ganzen Heiratsplan einverstanden.«

»Wie kannst du das sagen? Ich finde es großartig! Ich finde Paige großartig! Ich finde, ihr seid ein tolles Paar! Eines dieser ... unvorhersehbaren Paare. Das beim Onlinedating vielleicht nicht als ideales Match herauskommen würde, aber gerade deswegen ist es eine viel interessantere Kombination. Weil sie eben so unwahrscheinlich ist.«

»Ist das deine krumme Art, mir zu verstehen zu geben, dass Paige und ich nicht zusammenpassen?«

»Nein, das habe ich nicht gemeint – und auch nicht gesagt. Aber was ist eigentlich mit dir los, Baba? Den ganzen Sommer warst du irgendwie neben der Kappe! Hast immer alles falsch verstanden. Warst griesgrämig und distanziert. Seit du ...«

»*Seit ich*, ganz genau. Ist das dein erneuter Versuch, mich dazu zu bringen, die Hochzeit abzublasen?«

»Wann habe ich das jemals ...«

»Wann hast du das denn nicht? Als ich dir das erste Mal von unseren Plänen erzählt habe, war schon ziemlich offensichtlich, dass du dagegen warst und gehofft hast, es mir ausreden zu können. Ich weiß nicht, was du für ein Problem mit Paige hast, aber ...«

»Ich habe kein Problem mit Paige!« Er schaute sie nicht an, also lehnte sie sich immer weiter vor, bis er ihren Blick erwiderte. »Nein. Ich mag sie. Wir sind nur verschiedener Meinung, was ein paar belanglose Dinge angeht. Ich habe nichts dagegen, mich mit einem abgewetzten gebrauchten Pelzmantel warm zu halten. Ich könnte nie auf Kalbskoteletts verzichten. Beim Fracking bin ich ambivalent, da der Staat Virginia das Geld braucht und mir der Gedanke einer unabhängigen Energieversorgung gefällt, aber der Streit war sowieso sinnlos, weil mir die Pros und Kontras am Ende reichlich egal sind. Wichtig ist doch, dass Paige ehrlich und offen und authentisch und direkt ist. Sie sieht gut aus, sie ist erwiesenermaßen treu, und wenn sie in Middlebury studiert hat, muss sie auch ziemlich klug sein. Gleichzeitig protzt sie nicht mit ihrem Wissen, und das mag ich an ihr. Außerdem hat sie ein viel stärkeres soziales Gewissen als ich.«

Je dicker Jillian mit den Komplimenten auftrug, umso hohler klangen sie, was sie dazu verleitete, noch eins draufzusetzen: »Paige hat etwas Entwaffnendes – etwas Verwundbares und Wehrloses, und ich kann deinen Impuls nachvollziehen, sie beschützen zu wollen, aber sie muss doch nicht *vor mir* beschützt werden. Warum sollte sie, nachdem sie immer so nett zu mir war, dass ich mich fast schäme? Nachdem sie mir immer Geschenke mitgebracht hat, etwa den Fransenschal aus Lynchburg oder die Feigenkonfitüre vom Wein- und Musikfestival? Es spielt keine Rolle, wie teuer ein Geschenk ist, die Geste zählt. Der Gedanke an mich, selbst wenn ich nicht dabei war, und das Rätseln, was mir gefallen könnte. Sie schien nie misstrauisch oder besitzergreifend zu sein, trotz der Tatsache, dass wir beide uns so nahestehen. Was ich ziemlich erstaunlich finde, ehrlich gesagt.«

Diese feurige Lobrede auf die vielen Vorzüge seiner künftigen Frau ließ Baba immer unglücklicher aussehen.

»Beziehungsweise nahestanden«, fügte Jillian hinzu und lehnte sich zurück.

»Siehst du?«, platzte es aus Baba heraus. »Das meine ich. Diese Seitenhiebe, die eigentlich alles sagen.«

»Alles *was*? Ich bin sehr, sehr froh, dass du jemanden gefunden hast. Ich weiß nicht, wie ich es noch klarer zum Ausdruck bringen soll. Denn was ich am meisten an Paige schätze, ist, dass sie dich liebt. Jedes Mal, wenn sie dich ansieht, ist das unverkennbar. Es gibt sogar Momente, da kann sie dich nicht einmal ansehen, weil es ihr zu viel ist! Weil sie so viel für dich empfindet. Warum sollte ich dir das nicht gönnen?«

»Das frage ich mich auch«, erwiderte Baba stumpf.

»Es tut mir leid, dass ich nicht gleich in Freudentränen ausgebrochen bin, als du mir von deinem Antrag erzählt hast, oder was weiß ich, was du erwartet hast. Du warst so schrecklich schlecht drauf an dem Tag, als wäre jemand gestorben oder so, und ich habe nur versucht zu verstehen, was los ist. Ich wollte dir die Heirat nicht ausreden.«

Doch je länger Jillian seine Zukünftige in den Himmel lobte, umso eindrücklicher erinnerte sie sich daran, wie es sich anfühlte, in ihrer Gegenwart zu sein und ihren Hass zu spüren. Und egal, was sie jetzt sagte, sie schaufelte sich ihr eigenes Grab.

Wieder daheim, stellte sich Jillian unter die Dusche, legte danach die Beine hoch und saß bei einem Glas Wein im Schein des Kronleuchters. Sie dachte darüber nach, ob das Problem vielleicht nicht das Beteuern an sich war, dem ja der wohlverdiente Ruf vorauseilte, wertlos zu sein. Sie konnte sich den Mund fusselig reden, und Baba würde nie sicher wissen, ob sie bloß vor sich hin faselte, was er hören wollte. Hatte Jillian nicht am selben Nachmittag auch ein Loblied auf die Geste angestimmt, die so viel mehr sagte als alle Worte? Vielleicht bedurfte es in diesem Fall einer Geste, welche größer war als ein Glas Feigenkonfitüre.

Jetzt, da ihr der ideale Schlachtplan klar wurde, spürte sie einen plötzlichen Stich, wie ein Seitenstechen – und schloss daraus, dass sie richtiglag. Eine große Geste musste wehtun. Das quälende Hin und Her beim zweiten Glas Chablis war dann nur noch reine Selbstinszenierung. Sie hatte ihre Entscheidung bereits gefällt, und beim dritten Glas ließ sie die betrügerische Unentschlossenheit hinter sich und ging zur ersten Phase der Trauerarbeit über. Baba würde ihr endlich glauben, dass sie von seiner Hochzeit mit Paige Mayer begeistert war, wenn er sah, wie viel sie dafür aufzugeben bereit war.

Allein das Einpacken stellte eine beängstigende Herausforderung dar, und Jillian verbrauchte an jenem Wochenende eine halbe Rolle von ein Meter achtzig breiter Luftpolsterfolie sowie eine ganze Rolle Paketklebeband. Als ihr Tennistermin am Montag wegen Regen ausfiel, war sie erleichtert. Weder ihr Spiel noch ihre Freundschaft mit Baba würde in Ordnung kommen, bevor sich ihre angebliche Animosität gegen seine Eheschließung nicht endgültig als Hirngespinst erwies. Trotzdem wollte sie nicht, dass er sich seiner selbst schämte. Sie wollte ihn rühren. Nein. Sie wollte beide rühren.

Am Dienstag klarte der Himmel auf. Als der Gärtner der Chevaliers, Lance, schließlich Feierabend machte, stellte er großzügig seinen Lieferwagen zur Verfügung. Jillian hatte ihre Opfergabe so aufwendig verpackt, dass sie sogar zu zweit Schwierigkeiten hatten, das wattierte Plastikpolstermonster durch die Türen zu manövrieren. Lance saß am Steuer, während sie hinten blieb, um dafür zu sorgen, dass die Fracht nicht herumschaukelte, und er zeigte sich ebenso hilfsbereit beim Ausladen.

»Ich habe mir nicht mal zu meiner Silberhochzeit so eine Mühe gemacht!«, sagte er und zog an dem Paket. »Mein Sechzig-Zoll-Flachbildschirm von Sony war ja eine Streichholzschachtel dagegen. Wer auch immer diese Leute sind, Schätzchen, Sie müssen sie wirklich gernhaben.«

»Ja, genau das sollen sie verstehen«, antwortete Jillian. Das Bündel war nicht allzu schwer für zwei, aber sperrig, und es blieb immer wieder stecken, als sie es vom Wageninneren aus herummanövrierte. »Vorsicht!«, rief sie. »Bitte keinen Druck ausüben. Einfach nur *locker* hin- und herschieben.«

Sie hatte Baba nicht vorgewarnt, damit er nicht auf die Idee kommen konnte, seine Verlobte vor ihrer furchterregenden Missbilligung zu *beschützen*. Und außerdem: Man kündigt keine Überraschung an, sonst wäre es ja keine. Es war nicht mal neunzehn Uhr dreißig und noch hell, Babas Escort stand in der Einfahrt.

»Wo soll es denn hin, junge Frau?«, fragte Lance, nachdem das Ding endlich aus dem Wagen herausgeschafft war.

Konsterniert maß Jillian mit ihrem Blick die A-förmige Eingangstür des Nurdachhauses aus. Wenn ihre Lieferung schon zwischen Dach und Boden des Lieferwagens stecken geblieben war, würde sie erst recht nicht durch diese Tür passen.

»Ich fürchte, ich muss die äußere Luftpolsterschicht abnehmen, damit es da durchgeht. Wenn Sie das bitte aufrecht halten würden, schneide ich das Klebeband durch. Gott sei Dank habe ich ein Teppichmesser mitgebracht.«

Was für eine armselige Vorführung. Sie hatte gehofft, das Geschenk mithilfe der roten Schleife, die noch in ihrer Hosentasche steckte, nicht ganz so sehr nach einem lebenslangen Vorrat an Verpackungsmaterial aussehen zu lassen. Doch es war zu spät für den Tusch: Der Tumult hatte Baba bereits zur Tür gelockt.

Mitten in seinem Vorgarten war sie damit beschäftigt, das riesige Knäuel, das mit der ganzen Verpackung etwa zweieinhalb Meter groß war, von einer Wattierungsschicht zu befreien. Um zu vermeiden, dass sich Unmengen von Luftpolsterfolie zwischen Lance und dem Ballen auftürmten, hatte sie sie streifenweise abgeschnitten, doch nun wurden die Folienstücke vom Wind aufgebauscht und müllten den ganzen Vorgarten zu. Als Baba auf die Veranda trat, musste sie gerade einem der Plastikvierecke hinterherjagen, damit es nicht wegwehte.

»Was soll das denn?«, fragte er mit einem Gesichtsausdruck, den sie nicht deuten konnte. Falls er das Objekt wiedererkannt hatte, ließ er es sich nicht anmerken. Dabei hätte er es gleich erraten können, wenn er sich bemüht hätte.

Sie lächelte schüchtern, die Arme voller Plastik. »Das ist dein Hochzeitsgeschenk. Ich glaube, ich kriege es jetzt durch die Tür. Hilfst du mir dabei?«

Die beiden Männer trugen das jetzt zwar schlankere, aber auch zerbrechlichere Bündel, während Jillian ein Auge auf die besonders bruchanfälligen Stellen hatte und entsprechende Richtungsanweisungen gab. Im Wohnzimmer angekommen, bat sie Baba und Lance, es auf eine Seite zu legen, um mit dem Messer an die Unterseite der Verpackung heranzukommen und den Metallsockel freizulegen. Bis zu diesem Punkt war sie so sehr mit der Logistik beschäftigt gewesen, dass sie erst jetzt aufschaute, um Babas Blick zu erhaschen, der wohl schon eine Weile lang durchschaut haben musste, was sie da auspackten. Sein Lächeln wirkte recht warm, aber auch ein wenig matt.

»Bist du dir sicher, dass du das verschenken möchtest?«, fragte er leise.

»Nicht an irgendjemanden. Aber an dich – an dich und Paige. Und das ist so sicher wie das Amen in der Kirche.«

»Du hast sechs Monate an diesem Ding gearbeitet.«

»Länger. Doch wenn es mir nichts bedeuten würde, wäre es ja kein gutes Geschenk.«

Sie richteten den neuesten Beitrag zu Weston Babanskys ohnehin schon ziemlich eklektischer Innenausstattung wieder auf, und dank dem freigelegten Metallsockel stand der Kronleuchter nun stabil. Jillian versicherte Lance, sie würde es jetzt allein schaffen, bedankte sich überschwänglich und wünschte ihm noch einen schönen Abend. Es vergingen allerdings mehrere Minuten, bis Paige endlich mit einem Korb frisch getrockneter Wäsche aus dem Keller heraufkam. Wenn Jillian über sich die gedämpften Stimmen zweier Besucher und das Kratzen eines unbekannten Objekts gehört hätte, wäre ihre Neugier nicht so lange zu zügeln gewesen. Manche Frauen misstrauten ihrem laufenden Trockner doch sehr.

»Jillian!« Ein Zittern huschte über Paiges Gesicht, als würde sie gleich niesen. »Um Himmels willen! Ist das … dieses Kronleuchterdings?«

Jillian hatte inzwischen die Hauptplane entfernt und musste nur noch die kleinen Kugeln abschnippeln, die jede einzelne Assemblage polsterten.

»Ich dachte, dass es schön wäre, auf eurer Hochzeitsparty einen Hingucker zu haben, der obendrein noch für romantische indirekte Beleuchtung sorgt.«

»Das ist also eine Leihgabe?« Die meisten Menschen reagierten etwas ungelenk oder verlegen angesichts derartiger Großzügigkeit. Und bestimmt hatte Paige nicht so hoffnungsvoll klingen wollen.

»Nein, nein«, berichtigte Jillian schnell. »Sonst wäre es doch kein richtiges Hochzeitsgeschenk. Es gehört euch, und die Schweißnähte halten einiges aus. Was eure Enkelkinder sicher herausfinden werden, wenn ihr vorhabt, diesen Weg einzuschlagen.«

Soweit Jillian sich diese Vorführung überhaupt vorgestellt hatte, hatte sie etwas mehr Begeisterung erwartet, vor allem weil Paige das *Kronleuchterdings* noch nie gesehen hatte. Doch die Verlobten waren so beunruhigend still, dass Jillian ablehnte, als Paige ihr eine Tasse Tee anbot, und stattdessen nach einem Glas Wein fragte, zur Beruhigung und nur in dem Fall, dass sowieso gerade eine Flasche offen sei. Die Krux schien nun, dass das Auspacken zu kniffelig und langwierig war, vor allem das Abwickeln der einzelnen Luftpolsterfolienstreifen, erst von der Minispielzeugkiste und dann vom Helikopter darin, worauf das Entfernen der Wattebällchen aus dem Brachvogelschädel folgte, und anschließend musste sie nachprüfen, ob die Weisheitszähne noch an der richtigen Stelle angeleimt waren, und alle restlichen Klebebandfetzen vom Gestell pulen. Im Nachhinein wusste Jillian, die Vorführung hätte größere Wirkung gehabt, wenn sie das Geschenk im Laufe des Tages geliefert hätte, als Baba noch allein gewesen war. Dann hätte Paige hereinspazieren können, Jillian hätte das Licht angeschaltet und: *Voilà!* Doch das Auspacken allein war so zeitaufwendig, dass Paige dazu überging, das Abendessen zuzubereiten, und Baba die Kolumne in der letzten Ausgabe des *New Yorker* las. Da es keine Steckdose in Reichweite gab, musste sie auch noch nach einem Verlängerungskabel fragen, und weil er keines zur Hand hatte, musste Baba auf eine bereits verwendete Verteilerdose zurückgreifen und die Lautsprecher seiner Stereoanlage ausstöpseln.

Nachdem Jillian schließlich den Boden gekehrt und drei riesige schwarze Plastikmüllsäcke mit Luftpolsterfolie gefüllt hatte, band sie die (jetzt leider zerknitterte) Schleife um den Stamm, und der Moment war endlich gekommen. Baba rief Paige von ihrem Schneidebrett weg, und sie kehrte ins Wohnzimmer zurück, ein Geschirrtuch in den nassen Händen. Baba hatte Jillian geholfen, den Kronleuchter in die ideale Position zu drehen. Dennoch würde vielleicht eine gewisse Neuordnung der Möbel erforderlich sein, um ihr Kunstwerk von seiner vorteilhaftesten Seite zu zeigen und so aussehen zu lassen, als gehöre es dazu. Sie schaltete das Licht an.

»Na«, sagte Paige, »das ist doch mal was.«

Baba schien den Kronleuchter mit neuen Augen zu sehen. Als er erneut sein »es ist wunderbar« hauchte, lag Wehmut, ja sogar Ehrfurcht in seiner Stimme, und die Beteuerung ließ Jillian nicht ganz so heftig erröten wie beim ersten Mal. Andererseits hat man solche Anwandlungen vollkommener Beglückung eben selten mehr als einmal.

»Vielen Dank«, sagte Paige förmlich. »Ich bin mir sicher, wir werden von niemandem ein vergleichbares Hochzeitsgeschenk bekommen. Und es wird uns immer an dich erinnern, nicht wahr?«

Als Jillian die Herkunft einiger Elemente erklärte, blieb Paige eher höflich als fasziniert, und sie kürzte die Museumstour ab. Niemand setzte sich. Sie war, gelinde gesagt, überrascht darüber, dass man sie nicht zum Essen einlud, auch wenn sie unangekündigt aufgetaucht war und es womöglich nur zwei von diesen gefüllten Paprikas oder was auch immer gab. Das hätte nicht ausschließen müssen, dass Paige oder Baba ihr Wein nachschenkten, es sei denn, die Flasche war bereits leer. Und ja, es war nicht weit zu ihrem Häuschen, und es war ein lauer Sommerabend. Doch selbst wenn sie abgelehnt hätte, wäre es schön gewesen, wenn sie ihr angeboten hätten, sie nach Hause zu fahren.

D u hasst es.«
Sie hatten mit dem Reden gewartet, bis sie Frisk in sicherem Abstand aus der Kieseinfahrt knirschen hörten.

»Ich hasse, dass es jetzt da steht«, sagte Paige. »Obwohl ich einräumen muss: Es ist nicht *ganz* so hässlich, wie ich dachte.«

»Ich weiß nicht, was wir damit tun sollen, wenn es für dich eine Folter ist.«

»Erst mal werden wir gar nichts tun«, sagte Paige und machte eine entschlossene Kehrtwende zurück in die Küche, um weiter Zwiebeln zu schneiden. »Auf die Dauer gesehen ist ein Vorteil dieser Freundschaft, dass sie *nicht* von Dauer sein wird, das heißt, nach der Hochzeit können wir damit tun und lassen, was wir wollen, und Jillian wird es nie erfahren. Bis dahin haben wir für den unwahrscheinlichen Fall, dass sie hier wieder unangekündigt und so dreist wie eben aufkreuzt, keine andere Wahl, als diesem sperrigen Schrottgerüst ein Drittel unseres Wohnzimmers zu überlassen, um ihre Gefühle nicht zu verletzen.«

In diesem Moment wurde Weston plötzlich klar, wie absurd es war, Frisks Gefühle noch weitere vier Wochen lang zu schützen, nur um sie dann zu zertrümmern. Dieser Unsinn erinnerte an jene Kapitalfälle, bei denen zum Tode Verurteilte erkrankten und der Staat jede erdenkliche medizinische Versorgung zur Verfügung stellte, um die Gefangenen am Leben zu erhalten, die er zu töten beabsichtigte.

»Ich weiß, du denkst, sie meint es gut«, fing Paige beim Essen wieder an. »Aber das Ding ist als Hochzeitsgeschenk absolut unangemessen, nicht? Erstens ist es eine körperliche Bedrohung. Es ist *riesig*. Und zweitens hatte ich es noch nie gesehen. Sie hatte keine Ahnung, ob es mir überhaupt gefallen würde.«

»Den meisten gefällt es«, murmelte Weston.

»Trotzdem. Alles, was so viel Platz einnimmt, ist eine Zumutung.«

»Ich weiß, wie schwer es für dich ist, es so zu sehen, aber dieser Kronleuchter bedeutet ihr viel, und ich bin mir sicher, es war schwer *für sie*, sich von ihm zu trennen. Das ist ein großzügiges Geschenk. Emotional großzügig.«

»Was es noch unangemessener macht. Es ist übertrieben, wie immer. Es steht ihr nicht zu, dir ein *emotional großzügiges* Geschenk zu überreichen. Warum
nicht einfach ein Untersetzerset?«

»Der Kronleuchter ist aus Liebe gemacht.«

»Aus Liebe zu sich selbst! Dieser zusammenge-
klebte Klimperkram gefällt nur *ihr*. Ein Hochzeitsgeschenk sollte aber uns gefallen. Im Ernst, kaum ist
das Ende unserer Streitigkeiten wegen dieser Frau
endlich absehbar, da zieht sie in unser Haus ein. Als
ein anzüglich grinsendes, perläugiges Monstrum, das
uns beim Essen zusieht. Als hätte uns Tracey Emin
ihr verdrecktes Bett geschenkt. Inklusive gebrauch-
ter Kondome, Zigarettenkippen und Blutflecken auf
dem Laken.«

»Jetzt überspannt nicht nur Frisk den Bogen.
Du kannst ein gebrauchtes Kondom nicht mit einer
Spielzeugpfeife vergleichen.«

»Ich mach doch nur Spaß.« Paige lehnte sich zu
ihm hinüber, um ihn zu küssen, und die Diskussion
hatte sich erledigt – für diesen Abend.


Im Nachhinein stand fest: Es war ein wahnsinniger
Plan gewesen. Drei volle Monate sollte Weston mit
Frisk auf dem Tennisplatz herumhüpfen, hier und
da ein kleines Schwätzchen halten und neue Rezepte

erörtern, im vollen Bewusstsein der Tatsache, dass pünktlich am sechsundzwanzigsten August der letzte Vorhang für ihre Beziehung fallen würde. In dieser völlig verrückten Version der Ereignisse würde ihre Freundschaft munter weitergehen, als wäre alles in Ordnung. Frisk würde weiterhin versuchen, ihre unberechenbare, gelegentlich zerstörerische Cross-Rückhand in den Griff zu kriegen, und Weston würde ihr sein Rezept für schnell in Misopaste mariniertes Gemüse verraten. Und dann eines Tages – zum Beispiel am *fünfundzwanzigsten August* – würde er plötzlich verkünden: *Oh, übrigens, wir werden uns nie wiedersehen, leb wohl, es war wirklich schön mit dir.*

Im Gegensatz zu dieser Fantasie behandelte er Frisk schon den ganzen Sommer hindurch absolut miserabel. Unbewusst (oder auch nicht) versuchte er, schrittweise die Distanz zwischen ihnen zu vergrößern, wie wenn man einen Milchzahn mit der Zunge lockert, bis er nur noch an einem seidenen Faden hängt und das eigentliche Rausziehen kaum noch wehtut. Na ja, so viel zu dem Versuch, Zahnheilkunde auf menschliche Beziehungen zu übertragen. Er hatte Frisk purer Folter ausgesetzt. War seine sich beschleunigende Distanzierung dazu bestimmt gewesen, den drohenden Schlussstrich erträglicher zu machen, so war dieser Schuss nach hinten losgegangen. Sich wie ein Arsch aufzuführen machte Weston nur noch mehr zu schaffen, und seit Wochen tat er nichts anderes, als zu leiden.

Bis plötzlich eine Alternative zur Milchzahnmethode aufblitzte. Was war denn quälender: sich Zentimeter für Zentimeter in einen kalten Swimmingpool vorzutasten oder einfach ins kalte Wasser zu springen? Das Pflaster ganz langsam abzuziehen oder es mit einem Ruck wegzureißen? Warum die Sache nicht gleich hinter sich bringen?

Weil er es nicht wollte. Er wollte nicht, und er musste auch noch nicht. Also würde er es nicht tun.

Weston Babansky war ein Feigling. Nach seinem Antrag im Mai hatte er keine mutige, schwierige Entscheidung getroffen, sondern nur eine halbe. Es sich halbleicht gemacht. Seit dem Tag, an dem er Paige verkündet hatte, dass er in ihre Forderung einwilligte, und sein trauriges, geknicktes Zugeständnis gemacht hatte, dass keine Ehefrau eine im Hintergrund lauernde andere Frau dulden sollte – vor allem keine andere Vertraute und schon gar keine Ex-Freundin, die obendrein ziemlich unbeherrscht war und nicht immer das nötige Geschick besaß, um die dornige Geometrie einer solchen Dreiecksgeschichte auszuloten –, seit jenem Tag also war der Alltag in Westons Heim entschieden ruhiger geworden. Die nächtlichen Auseinandersetzungen über seine beste Freundin hatten sich gelegt. Paige akzeptierte geduldig, dass er Frisk weiterhin auf dem Tennisplatz traf, allerdings nicht ohne einen Anflug von Triumph. Weston verabscheute den Gedanken, das absehbare Leiden einer anderen Frau würde Paige Freude bereiten, zumal er die schlechte Angewohnheit hatte, anderen Maßstäbe aufzuerlegen, die er selbst nicht erfüllte. Jede Frau würde den Wonneschauer des Sieges genießen, nachdem sie eine vermeintliche Rivalin endlich geschlagen hat.

Als lebenslanger Prokrastinierer hatte er davon profitiert, Frisk langsam abzuservieren, ohne dafür bezahlen zu müssen. Schmerzhaft war nur die zweite Hälfte seiner Entscheidung, die härtere Hälfte, nämlich der eigentliche Beschluss: es Frisk zu sagen. Denn er besaß gerade genug Verstand, um zu begreifen, dass eine Beziehung in dem Augenblick zu Ende ist, in dem man verkündet, dass sie bald zu Ende sein wird.

Zu seiner Verteidigung konnte er nur folgendes Argument anführen: Er hatte versucht, auf zwei Hochzeiten zu tanzen, und bis vor Kurzem hatte er das Doppel tatsächlich genossen. Seine Erwartung wurde, so optimistisch und idiotisch sie auch gewesen war, von Zärtlichkeit genährt. Denn er hatte gehofft, einen letzten Sommer mit seiner liebsten Tennispartnerin verbringen zu können.

Doch es kam, wie es kommen musste: Nachdem seine Verlobte alles ausgesprochen hatte, was mit dieser Frau nicht stimmte, reagierte Weston gereizter auf Frisk, beziehungsweise überhaupt gereizt, und mäkelte häufiger an ihr herum. Zum Beispiel war ihr Lobgesang auf Paige so angestrengt gewesen, so auffallend gewollt, dass er ihr am liebsten eine geknallt hätte. Und dieser nicht wegzukriegende Tick in ihrer Vorhand machte ihn geradezu rasend – warum in aller Welt sollte sich eine Spielerin mit einem hundert Prozent tauglichen Aufschlag auf einmal einen derart fatalen Knick im Handgelenk zulegen – nur um der *Abwechslung* willen? Diese Wut als puren Frust zu tarnen verlangte ihm übermenschliche Selbstbeherrschung ab. Und obwohl ihre Nachbesprechungen auf der Bank ohnehin kürzer geworden waren, hörte er jetzt anders zu. Ja, da war sie wieder und sprach nur über sich selbst. Als er ihr erzählte, er würde gern mal wieder mit Paige in die Nationalgalerie gehen, waren ihre Fragen spärlich, platt und allgemein. Es stimmte wohl doch, dass sich Frisk nicht für ihn interessierte und ihn nur als Publikum brauchte.

Außerdem brachte es ihn auf die Palme, wie unempfänglich Frisk für die Tatsache war, dass Paige sie nicht mochte. War seine beste Freundin etwa schwer von Begriff? Sie hatte doch inzwischen genug Erfahrung mit Gegnerinnen. Wieso verstand sie dann die unzweideutigen Signale sozialer Interaktionen nicht? Was musste noch passieren, damit die Botschaft bei Frisk ankam? Musste Paige erst in einem

117

T-Shirt herumspazieren, auf dem »ICH HASSE DICH« stand? Oder sie mit einer Kohleschaufel tätlich angreifen?

Bisher hatte er sich einlullen lassen, aber die überbordende Menge an Luftpolsterfolie um den Kronleuchter war doch wirklich lästig gewesen. Und einfach so aus dem Nichts bei ihm aufzutauchen, auf dem Rasen diese billige Nummer abzuziehen, das Wohnzimmer eineinhalb Stunden lang in Beschlag zu nehmen und dabei auf Paiges überbordende Dankbarkeit zu hoffen, die es nie geben würde ... Die ganze Aktion hatte Frisks merkwürdige Missachtung anderer Menschen noch einmal auf den Punkt gebracht, ihre Blindheit gegenüber den Wünschen anderer, die vielleicht genau das Gegenteil von ihr wollten. Herrgott noch mal, wenn sie doch einfach *gefragt* hätte, ob er die Lampe für ein passendes Hochzeitgeschenk hielt, hätte er vielleicht einen diplomatischen Weg finden können, das Geschenk abzulehnen.

Doch das Seltsamste dabei war: Er freute sich über ihr Geschenk. Obwohl er es Paige gegenüber nicht so sehr durchblicken lassen wollte, himmelte er den Aufrechten Kronleuchter an, und jedes Mal, wenn er ihn betrachtete, wurde ihm ganz warm ums Herz. Als versänke er tief in seinen Emotionen. Seitdem sich die Lampe in ihrem Besitz befand, badete er in den langen Nachtstunden, nachdem Paige ins Bett gegangen war, regelmäßig in ihrem Schein. Vielleicht hatte Frisk ein Alkoholproblem, weil das Licht unwiderstehlich gut zu Whiskey passte.

Je näher der drohende Stichtag rückte, umso mehr wurde jeder Tag zur Herausforderung. Denn Weston graute davor. Wenn es seine Absicht war, ein paar letzte glückliche Tage mit Frisk zu verbringen und damit allen vorangegangenen Schäferstündchen ein Denkmal zu setzen, um sich ihrer eines ungewöhnlich einsamen Winterabends zu entsinnen und seine Hände am Kamin sitzend in Erinnerung an die Sommersonne gen Himmel zu strecken, ergab es absolut keinen Sinn, so gemein zu Frisk zu sein. Nicht wahr? Ironischerweise hätte ausgerechnet Frisk, und nur sie, verstanden, dass seine gegen sie gerichteten Gemeinheiten am Ende ihn selbst treffen sollten. Denn nun hatte es den Anschein, als wäre Weston der Böse, der kam und ging. Er war ein schlechter Mensch, weil er seiner Verlobten untreu war, und er war ein schlechter Mensch, weil er seiner besten Freundin untreu war. Während er so über seinem Talisker-Whisky vor sich hin fantasierte, redete er sich missmutig ein, dass es beiden Frauen besser gehen würde, wenn er sich dieser Gleichung einfach entzöge. Sich seinem Selbstmitleid hinzugeben war feige, aber: Er *war* ja ein Feigling.

Der bessere Kurs für August bestand wohl nicht darin, auf Selbstmitleid zu verzichten, sondern auch

Mitleid für die anderen Parteien zu entwickeln. Noch immer hatte er an dem Groll zu knabbern, den er gegen die Frau hegte, die er zu ehelichen versprochen hatte – was kein Zustand war, wenn man ein gemeinsames Leben beginnen wollte. Doch jede Erwartung, er werde auf Paiges Wünsche eingehen, war erfreulich absurd. Der Freundschaft mit Frisk ein Ende zu setzen musste sich zwangsläufig so anfühlen, als würde er sich den Arm abhacken. Andererseits: Je umfassender das Opfer war, das Paige verlangte, umso deutlicher wurde, dass sie jedes Recht dazu hatte.

Als der Tag der Abrechnung nahte, empfand er Mitleid mit Frisk. Wenn alles gelang, würden Weston und Paige Hand in Hand in den Sonnenuntergang laufen. Frisk würde vor dem Nichts stehen und nicht einmal mehr Zugang zu ihrem wertvollsten Werk haben, während Paige ihr selbst dieses Opfer noch zur Last legte. (Davon abgesehen waren einige Gäste aus der William and Lee von der Lampe ganz entzückt gewesen, was zur Folge hatte, dass Paige dem Objekt selbst mit der Zeit immer weniger ablehnend gegenüberstand.) Und so war Weston seit der Übergabe des Hochzeitsgeschenks nett zu Frisk, quasi als Bezahlung für den Leuchter –

schließlich war es die einzige, die sie jemals erhalten würde.

Vielleicht zu nett? Er machte sich Sorgen, sein Mitgefühl könnte erdrückend wirken. Womöglich quälte er sie mit guten Absichten, wie sie unheilbar Kranke zu ersticken drohen, deren Familie und Freunde ununterbrochen den aufrechten Charakter des Todgeweihten bezeugen. Angesichts all der stinkenden Blumen und endlosen Lobeshymnen beim Kissenaufschütteln wäre Weston nicht überrascht, wenn eine Krebspatientin auch einmal nach einem schroffen Wort verlangen würde, quasi zur Erholung.

Denn er ertappte sich dabei, wie er ohne einen bestimmten Anlass verkündete, dass die Stunden mit Frisk »einige der schönsten seines Lebens« gewesen seien. Bei ihrem nächsten Treffen betonte er, dass er trotz des unerklärlichen Verfalls ihrer Vorhand immer noch »viel lieber mit ihr als mit jedem anderen« spiele. Sie warf ihm dann jedes Mal einen misstrauischen Blick zu, aus dem die Frage sprach, was eigentlich los sei. Ihre Freundschaft konnte doch nichts umhauen. Wer sonst war so selbstverständlich Teil ihres Lebens?

»Hast du dich nie gefragt, was aus uns geworden wäre, wenn wir uns wirklich auf eine Beziehung eingelassen hätten?«, fragte Frisk beiläufig auf ihrer Bank, und zwar ein paar Tage nachdem der *Monat der schwindelerregenden Freundlichkeit* seinen Anfang genommen hatte.

»Nicht wirklich«, sagte Weston schnell. Sie machte ihn nervös. »Sich mit so einer Faktenwidrigkeit aufzuhalten ist doch Energieverschwendung.«

»*Faktenwidrigkeit!* Hört, hört! Vielleicht wären wir ein Flop gewesen, weil du einen Stock im Arsch hast.«

»Der Gedanke bringt nichts«, wiederholte er mit fester Stimme.

»Das ist aber seltsam. Und abgefahren formuliert. *Der Gedanke bringt nichts.* Als hättest du Angst, darüber nachzudenken. Und seit wann hast du Angst, über irgendetwas nachzudenken? Ich habe nur mit dem Gedanken gespielt. Ich will dir ja nicht die Kleider vom Leib reißen oder so.«

Er nahm ihr Gespräch in seine Sammlung der Momente auf, die belegen sollten, dass er die richtige Entscheidung getroffen hatte. Doch Frisks Worte bewiesen reichlich wenig, was ihre Begegnung merkwürdig kostbar machen sollte.

Dann kam der fünfzehnte August, ein Mittwoch. Und allein die Tatsache, dass Weston sich an das exakte Datum erinnern würde, war für sich genommen schon deprimierend, wenn man bedachte, dass ihre Erinnerungen an die Verabredungen dieses Sommers sonst eher zu einem einzigen endlosen Treffen in der sengenden Hitze verschmolzen. Frisk war mal wieder äußerst gesprächig, wie schon die ganze Zeit, seit sie das Hochzeitsgeschenk abgegeben hatte, denn sie schien zu glauben, damit wäre eine magische Reset-Taste gedrückt und alles wieder auf Anfang gesetzt worden. Trotz kurzer Momente des Zweifels deutete sie seine herzlichere Art als Versuch, sein grobes, griesgrämiges und distanziertes Verhalten der letzten Monate wiedergutzumachen. Fraglos hatte sie seine Verstimmung als einen weiteren Anflug von Depression abgetan, wie sie sie schon seit Jahrzehnten überlebte: Sie kamen ohne Grund, und genauso gingen sie auch wieder.

»Ich glaube, mein Knick im Handgelenk war heute nicht so schlimm«, verkündete sie.

»Ja, deine Vorhand war wieder stabiler in den letzten drei, vier Spielen«, erwiderte er. Das stimmte tatsächlich. Das tödliche Nach-vorn-Kippen beim Durchziehen war anscheinend so eine Art Barometer, und eine Sache hatte er inzwischen verstanden: Wenn er gemein zu ihr war, wurde es schlimmer.

»Du, ich hab da noch eine Frage«, sagte sie. »Dieses Hochzeitspicknick. Gibt es eigentlich eine Kleiderordnung? Sollen wir uns in Schale werfen mit hohen Absätzen und wallenden Kleidern? Oder denkt ihr mehr an karierte Tischdecken, vielleicht sogar Jeans?«

Weston beobachtete gerade die herumfuchtelnden Anfänger auf Platz Nr. 2, als wären ihre eher fürs Badminton geeigneten Schläge furchtbar interessant. »Das Konzept ist schon recht locker, aber es ist eine Hochzeit, also werden sich manche Frauen wohl schick machen.«

»Und was wird Paige tragen? Man sollte ja lieber nichts anziehen, was die Braut in den Schatten stellt.«

»Du kennst doch ihren Geschmack.« Mit zugekniffenen Augen verfolgte er, wie der Ball der Versager über den Zaun segelte, und bedauerte, dass sie ihn nicht in seine Richtung geschlagen hatten, sodass er ihn für sie hätte auffangen können. Irgendetwas, um dieser Ermittlung ein Ende zu machen. »Schlicht, ohne Spitze.«

»Ich sehe da ein ärmelloses Etuikleid vor mir, aus matt glänzendem Stoff, alles klare Linien, gerader Schnitt, aber mit Killerschuhen.«

Die Beschreibung war erstaunlich zutreffend, weswegen er sich einen Moment lang fragen musste, ob Frisk wirklich so unaufmerksam war. »So was Ähnliches«, sagte er unbestimmt.

»Weißt du, ich habe über Rot nachgedacht, aber ich mache mir Sorgen, das könnte zu aufdringlich sein.«

Er drehte sich zu ihr um. »Seit wann machst du dir Sorgen, zu aufdringlich zu sein?«

Sie lachte. Sie nahm ihm seine Erwiderung nicht übel, obwohl sie es hätte tun sollen.

»Ich wollte auch noch fragen, wie das mit dem Essen läuft«, fuhr sie fort. »Wenn deine Familie aus Wilmington anreist und Paiges aus Baltimore, werden sie wahrscheinlich nicht viel oder höchstens einen gekauften Kuchen mitbringen. Es macht mir nichts aus, mehr als ein Gericht beizusteuern. Entweder das, oder ich könnte eine große Menge von einem Gericht machen, denn das Problem bei diesen Mitbringpartys sind doch meistens die vielen kleinen Speisen und dass jeder nur einen bescheidenen Teelöffel von allem nimmt, sodass die Teller am Ende total zusammengewürfelt aus…«

»Wir werden grillen«, unterbrach er sie.

»Oh!«, sagte sie, als würde sie vor seinem Ton zurückschrecken. Wurde auch langsam Zeit. »Warum hast du das denn nicht früher erwähnt? Wenn du jemanden brauchst, der nach dem Grill schaut, du weißt, dass ich das Hühnchen niemals anbrennen lassen würde.«

»Paiges Freunde aus dem Geschichtsinstitut kümmern sich um den Grill.«

Weston hatte seine Augen inzwischen auf einen unbestimmbaren braunen Vogel geheftet, der in der Fingerhirse nach Futter suchte und es ihm erlaubte, den Blick im Winkel von etwa hundert Grad vom Gesicht seiner Partnerin abzuwenden. Trotzdem konnte er immer noch spüren, dass sie ihn forschend ansah.

»Was ist mit dem Aufbau? Ich könnte Tische aufstellen und Champagnerkisten schleppen.«

»Das ist alles schon organisiert.«

Die Tatsache, dass sie noch nicht die Notbremse gezogen hatte, deutete auf ein Experiment hin; als würde sie einer Laborratte langsam immer stärkere Elektroschocks verpassen und ihre Reaktion aufzeichnen. »Trotzdem … wären ein paar Kohlenhydrate nicht schlecht – etwas, das für alle reicht? Ich habe dir doch von diesem libanesischen Grünkerngericht erzählt, Freekeh mit gegrilltem Gemüse, das so unglaublich lecker war. Das kann man auch für viele …«

»Frisk!« Das Herzflattern dieser Laborratte hatte soeben eine kritische Schwelle überschritten. »Du bist nicht zur Hochzeit eingeladen! Warum wohl hast du *sonst* keine E-Mail erhalten?«

Er hatte Angst gehabt zu explodieren, und jetzt war er explodiert. Eine solche Ansage hatte nicht auf der Tagesordnung für diesen Nachmittag gestanden.

Sie verzichtete auf jegliches Kleinmädchengetue und übersprang sogar die ungläubige Klischeefrage: *Was?* Stattdessen reagierte sie still und ernst: »Warum. Nicht.«

»Paige kann dich nicht leiden.« Auch das hatte er eigentlich nicht sagen wollen. Hatte nicht vorgehabt, es jemals zu sagen.

»Ah.« Sie lehnte sich zurück. Ihr Gesichtsausdruck erinnerte Weston an das Suchen-und-Ersetzen in einem großen Word-Dokument. Nach einer Weile öffnete sich ein Fenster: *Es wurden 247 Ersetzungen vorgenommen.* »Ich bin seit drei Jahren regelmäßig bei euch zum Essen gewesen. Da hätte ich doch was merken müssen.«

»Nun, ja. Es hat mich schon überrascht, dass du es nicht getan hast.«

»Ich dachte wirklich, deine Freundin und ich würden uns ganz gut verstehen.«

»Ich glaube, die Chemie zwischen euch stimmt einfach nicht«, sagte er und war sich nicht sicher, ob die unabänderliche Beschaffenheit dieser Chemie es besser oder schlechter machte.

»Ach so?« Er hatte erwartet, dass sie in Tränen ausbrechen würde oder etwas in der Art, aber stattdessen blieb sie kühl und klar. Tatsächlich war sie beängstigend gefasst. »Es ist also unerklärlich. Und sie kann es nicht näher definieren.«

»So ungefähr«, sagte er mürrisch.

»Paige hat demnach kein bestimmtes Problem mit mir zum Ausdruck gebracht.«

»Oh … Sie hat schon mal erwähnt, dass du, na ja, ein bisschen theatralisch wärst, ein bisschen selbstbezogen. Du kennst sie doch, ihre ganze Art ist zurückhaltender, und sie profiliert sich nicht gern. Aber ich weiß nicht, was es bringen soll, jetzt ins Detail zu gehen. Es würde dich ja nur verletzen.«

»Und *das* wollen wir auf keinen Fall.«

Da saßen sie.

»Ich kann daraus nur schließen«, fuhr sie fort, »dass dieses *Nicht-leiden-Können* schon lange geht?«

»Ja, sie fühlt sich in deiner Nähe schon länger unwohl, das stimmt.«

»Wir halten also seit Jahren hier unsere Schwätzchen nach dem Tennis, und du hast es nie für nötig befunden, ein Wort darüber zu verlieren, dass Paige sich *unwohl* fühlt.«

»Das wäre nicht besonders nett gewesen, oder? Ich denke, ich hätte es dir auch jetzt nicht sagen sollen.«

»Weil wir einander nur nette Sachen erzählen.«

»Wir erzählen uns hilfreiche Sachen oder versuchen es wenigstens.«

»Wir haben uns früher immer die Wahrheit gesagt, Baba. Und jetzt geht es schon den ganzen Sommer so, dass du einfach dasitzt und ganz genau weißt, dass ich auf deiner Hochzeit nicht willkommen bin. Du lässt mich sogar noch herumrätseln, was ich anziehen soll!«

»Tut mir leid. Ich habe es vor mir hergeschoben, es dir zu erzählen, das ist wahr. Es ist auch für mich nicht leicht.«

»Jenes *Unwohlsein*, das mir bisher nicht aufgefallen ist, ist doch ein Synonym für *Hass* – und nicht nur, weil ich der ruhigen, unaufdringlichen Paige zu schrill bin, oder? Es hat nicht zufällig etwas mit Eifersucht zu tun?«

»So könnte man es nennen.«

»Gut. Dann nennen wir es so.«

Er hätte nie gedacht, dass sie so eiskalt sein konnte. »Sie findet dich ein bisschen besitzergreifend. Was mich betrifft.«

»Ich besitze dich ja auch. Auf meine Art. Oder zumindest habe ich das früher einmal getan.«

»Dann kannst du vielleicht nachvollziehen, warum es für sie nicht leicht ist.«

»Nein, kann ich nicht. Sie besitzt dich ebenfalls, auf eine andere Art. Ich kann nicht erkennen, wo da der Konflikt ist.«

»Normalerweise hast du ein besseres Gefühl dafür, wie Menschen ticken.«

»Hier ist mein Gefühl: Wenn sie dir vertraut – und wenn nicht, hat sie sowieso kein Recht, dich zu heiraten –, dürfte sie kein Problem damit haben, deine beste Freundin auf eure Hochzeit einzuladen, selbst wenn ich nicht ihr weltbester Lieblingsmensch bin. Denn ich gehe schwer davon aus, dass niemand sonst

129

von der Gästeliste gestrichen wurde, nur weil er oder sie zu *theatralisch* oder *selbstbezogen* ist.«

Als Paige ihre Sicht der Dinge dargelegt hatte, war alles so sonnenklar gewesen. Jetzt musste Weston sich fast zusammenreißen, um sich nicht die Ohren zuzuhalten. »So kommt es dir eben vor.«

»Natürlich *kommt es mir so vor*, deswegen sage ich es ja. Aber *es kommt mir auch so vor*, als wäre die Situation weit komplizierter als der Umstand, dass ich jetzt am sechsundzwanzigsten August nichts Besonderes vorhabe und von der Pflicht, einen Pot Freekeh zuzubereiten, freigesprochen bin. Denn wenn ich nicht zu deiner Hochzeit eingeladen bin«, sie lehnte sich vor, »*wozu bin ich dann sonst noch nicht einge-laden?*«

Weston presste seine Fingerkuppen gegen die Stirn, auf der sich mittlerweile kleine salzige Tröpfchen gebildet hatten. *Zu meinem Leben,* dachte er. *Du bist nicht mehr zum Rest meines Lebens eingeladen.* Für ein Vierteljahrhundert war sie seine beste Freundin und liebste Tennispartnerin gewesen, und sie hatte recht. Er schuldete ihr die Wahrheit.

Es mag geschmacklos oder unsensibel gewesen sein, aber die reine Macht der Gewohnheit brachte ihn dazu, zum Abschied zu sagen: »Bis Freitag.« Er hatte ja tatsächlich geplant, auch am zwanzigsten, zweiundzwanzigsten und vierundzwanzigsten der folgenden Woche mit Schläger, Wasser, Stirnband und einer neuen Packung Wilsons an der Rockbridge County Highschool aufzutauchen und mit ihr Tennis zu spielen. Schon den ganzen Sommer über hatte er sich an Paiges Erlaubnis geklammert, die Saison mit Frisk erst am sechsundzwanzigsten August auslaufen zu lassen, und jetzt hatten sie gerade einmal den fünfzehnten. Erst als Frisk ihn anstarrte und sagte: »Bist du total verrückt geworden?«, dämmerte ihm, dass die neue Ordnung Wirklichkeit geworden war und erst recht an jenem Freitag werden sollte, wenn er wie im Fieberwahn bis zum späten Nachmittag schlafen würde, weil es um sechzehn Uhr keinen Tennistermin mehr gab, zu dem es aufzuwachen galt.

Bis zum folgenden Sommer hatte Jillian drei neue Partner gefunden, mit denen sie jede Woche spielte, und die Abwechslung tat ihrem Spiel wahrscheinlich gut. Doch sie stellte überrascht fest, dass es ihr inzwischen vollkommen egal war. Sie spielte weiterhin Tennis, um relativ schmerzlos fit zu bleiben, aber das, was es ihr einmal bedeutet hatte, war zu lange identisch mit ihrer Freundschaft zu Baba gewesen – die absolute Gegenwärtigkeit, die einzige Sache, die sie von Augenblick zu Augenblick betreiben wollte, ohne Wenn und Aber, die pure Freude an der körperlichen Bewegung. Mit anderen zu spielen war da nicht dasselbe.

Zumindest brachten sie die drei armseligen Ersatzspielpartner mit einer Handvoll anderer Erwachsener in Kontakt, die nicht die Eltern ihrer Nachhilfeschüler waren. Noch lange nach dem Schlussmachen – eigentlich machte man ja nicht Schluss mit Freunden, aber sie wusste nicht, wie sie es sonst nennen sollte – ging sie Menschen aus dem Weg.

Sie konnte sich nicht länger auf ihr eigenes Urteil verlassen. Tiere sind in der Lage, eine Bedrohung zu wittern. Instinktiv erkennen sie ihre eigene Spezies und können harmloses Wild von gefährlichen Raubtieren unterscheiden. Ganz im Sinne dieses biologischen Imperativs ging sie die vielen Schnittstellen mit Paige Mayer noch einmal durch. Ihre erste Begegnung zum Beispiel: Das war also nicht das leicht unbeholfene Verhalten einer jungen Frau gewesen, die manchmal mit ihren glühenden Überzeugungen herausplatzte. Nein, es war der Ausbruch einer unmittelbaren, schwer zu kontrollierenden Ablehnung gewesen, die Jillian gleich hätte erkennen müssen. Denn Paige musste damals schon genauso viel über Jillian gehört haben wie Jillian über sie, was es wahrscheinlich machte, dass Paige bereits eine Art *Vorhass* entwickelt hatte, so wie man ein Buch vorbestellt oder einen Platz für das eigene Grab. Sicherlich gibt es Persönlichkeiten, die beim ersten Aufeinandertreffen so einnehmend sind, dass es ihnen gelingt, den Schild geplanter Feindschaft mit dem Schwert ihres furchterregenden Charmes zu durchdringen, aber solche Triumphzüge über Vorhass sind wohl rar gesät.

Und als es passiert war, hatte sich Paige nicht einmal dafür geschämt und auch keinen Hehl daraus gemacht. Sie hatte sich Jillian gegenüber unterwürfig gegeben, denn so verhielten sich Leute eben, wenn sie sich den ganzen Abend auf die Zunge bissen und darauf warteten, dass ein Gast endlich geht.

Paiges Geschenke (der Schal, die Feigenkonfitüre): Tarnung.

Ihre Lobeshymnen (über Jillians Halsketten, ihr Selbstporträt aus Knöpfen, sogar das Super-XXL-Popcorn): Falschheit. Jillian nahm sich vor, sich später selbst daran zu erinnern, dass sie ein leichtes Opfer für Schmeicheleien war, wie jede andere Versagerin.

Ihre respektvollen Versuche, in Paiges Anwesenheit formeller mit Weston Babansky umzugehen: Zeitverschwendung. War als Bevormundung verstanden worden. Es hätte aber auch nicht geholfen, wenn sie sich anders verhalten hätte, weil jede alternative Strategie genauso nach hinten losgegangen wäre.

Der springende Punkt war: Wenn Jillian Frisk nicht einmal zwischen einer schüchternen, aber freigiebigen neuen Bekanntschaft und einer Erzfeindin, die von Anfang an auf ihr wertvollstes Gut zielte, unterscheiden konnte, sollte man sie nicht mehr in die Öffentlichkeit lassen.

Was nach diesem schrecklichen August fast einer Agoraphobie glich, artete durch ein noch schädlicheres Misstrauen vollends aus. Jeder Vorstoß in die Außenwelt erforderte schließlich, dass man sich einigermaßen genießbar fühlte. Wenigstens in sozialen Zusammenhängen musst du davon ausgehen können, dass die erste Reaktion deiner Mitmenschen objektiv sein wird. Wer halbwegs bei Verstand ist, betritt einen Raum mit der Erwartung, aktiv gemocht zu werden. Doch Jillian fühlte sich nun schon seit Monaten hassenswert. Sie wollte keinen theatralischen Eindruck vermitteln und trug deswegen nur noch dezente Farben, schwarze T-Shirts und ausgeleierte Jeans, um ihre gute Figur zu verbergen. Sie band ihr Haar immer zusammen und duschte nicht mehr so häufig, sodass ihr die Strähnen wie verwelkte Blumen vom Kopf hingen. Um nicht *selbstbezogen* zu wirken, strich sie fast alle autobiografischen Details aus ihren Telefonaten, sodass ihre Mutter in Philadelphia ihr bald unterstellte, Geheimnisse vor ihr zu haben. Und wenn sie sich mit ihren enttäuschenden Tennispartnern traf, gab sie gerade so viel von ihrem Leben jenseits des Platzes preis, dass diese aufhörten, danach zu fragen, und ihr Verhältnis auf eine reine

Sportbeziehung beschränkten, ein durchaus angenehmes, aber rein zweckmäßiges Abkommen, bei dem man sich nur mit Schläger und Shorts zu Gesicht bekam. Im Allgemeinen versuchte Jillian, so wenig wie möglich zu sagen und zu tun, denn was sie auch sagte oder tat, es würde ohnehin nur Abscheu erregen.

Man bedenke, dass einer der Hauptgründe, warum die meisten Menschen jemanden nicht leiden können, darin besteht, dass dieser Jemand *sie* nicht leiden kann, weswegen es in vielen Feindschaften auf das Henne-oder-Ei-Problem hinausläuft. Trotzdem fand Jillian es merkwürdig schwer, Paige Mayer zu verachten. Es fehlte schlechthin an abstoßendem Material, mit dem man hätte arbeiten können. Weil sich Babas Abkehr naturgemäß wie Verrat anfühlte, hätte Jillian vielleicht in gerechtfertigter Empörung Zuflucht finden können, doch das Ach-so-schlimme-Beleidigtsein war in diesem Fall nur Ablenkung und wurde bald von einem Gefühl tiefer Verwundung verschluckt. Sie konnte auch ihn nicht hassen, denn das wäre, als würde sie einen zweiten Verrat auf den ersten häufen. Schließlich sollte man seine Ehefrau mehr lieben als eine Freundin, nicht wahr? Es ergab also Sinn, dass Baba ihre Freundschaft auf dieselbe Weise wegwarf, wie ein Ritter früher seinen Mantel über eine Pfütze auf der Straße gebreitet hätte.

Sie brauchte nahezu ein Jahr, um ihre Trauer zu

verarbeiten, die so tief greifend und hartnäckig war, dass sie Jillian auf den Gedanken hätte stoßen können, ob Baba mit seiner Andeutung an jenem verhängnisvollen Mittwoch nicht richtiggelegen und ihre Freundschaft tatsächlich unanständige Untertöne enthalten hatte. Doch keine Romanze ihres Lebens hatte sie so gründlich und nachhaltig zerstört, unabhängig davon, wie liebestrunken sie am Anfang gewesen war. Letztlich schien die beispiellose Schwere des Verlusts ihre Freundschaft von jeglicher Schuld freizusprechen.

Es war unvermeidlich, ihm irgendwann wieder zu begegnen. Selbstverständlich machte er nun einen weiten Bogen um ihre alten Tennisplätze; stillschweigend kamen sie darin überein, dass Rockbridge ihr gehörte, als hätte man ihr Platz Nr. 3 in einer Scheidungsvereinbarung zugesprochen. Doch das Stadtzentrum von Lexington war winzig, es gab nur wenige Restaurants. Das erste Mal sichtete sie Baba, als er aus dem *Macado's* an der Hauptstraße kam, rannte gleich um die Ecke und versteckte sich in der West Henry Street. Keine besonders reife Reaktion. Sie wurde besser darin, diese Kreuzungen ihrer Wege vorauszusehen. Dann nickte sie ihm vom anderen Ende der Straße aus zu, wenn sie seinen Blick auffing, und entriss ihm dabei manchmal ein mutloses Halblächeln. Immer war er derjenige, der den Augenkontakt abbrach, um schnell nach unten auf den Bürgersteig zu schauen. Dann blickte er wieder auf und winkte leblos mit der Hand, als litte der einst so eifrige Sportler an schrecklichem Muskelschwund und hätte Schwierigkeiten, den Arm zu heben. Jedes Mal, wenn sie ihn zu Gesicht bekam, wirkte er dünner – und zwar auf eine unattraktive Art. Dieser ganze Vegetarismus.

Im Spätfrühling allerdings fühlte sich Jillian allmählich abgehärtet und verwarf ihren Plan, den sie über den Winter ausgeheckt hatte, nämlich irgendwo anders hinzuziehen. Ihr Arrangement mit den Chevaliers war wirklich zu schön, als dass sie es an anderer Stelle noch einmal hätte schließen können. Sie liebte ihr Häuschen und die lackierten Böden, deren Ränder mittlerweile dunkle Linien zierten wie Tribal Tattoos. Ihr Ruf als aufgeweckte Tutorin mit ansteckendem Enthusiasmus hatte sich herumgesprochen und reichte bis ins benachbarte Kerrs Creek, nach Mechanicsville und Buena Vista, sodass sie nicht mehr selbst nach Aufträgen suchen musste. Dabei war ihr eigentliches Geheimnis, dass die meisten Jungs heimlich für sie schwärmten. Sie hatte diese nette, fest zusammengewachsene Kommune zu ihrem Zuhause gemacht, und von außen betrachtet war die Abfuhr eines Tennispartners ein zu irrationaler Grund, um sie jetzt zu verlassen.

Als das Wetter wärmer wurde und ihre Haut einen goldenen Ton annahm, fühlte sie sich immer muti-

ger und zog wieder freizügigere Röcke und Rüschen-
oberteile aus dem Secondhandladen an, die sie mo-
natelang gemieden hatte. Sie begann, erneut Hüte zu
tragen, breitkrempig, aus Stroh und mit Bändern.
Sie ließ ihr Haar auf jede erdenkliche Art herunter-
wallen und wusch es wieder regelmäßig. Und entdeckte zum zweiten Mal in ihrem Leben, dass es
nur ein breites Lächeln in der *Sweet Things* Eisdiele
brauchte, um eine extragroße Kugel und Gratis-
streusel zu bekommen. Ein verwitweter Kunde und
alleinerziehender Vater von zwei Söhnen, der auch
noch wirklich gut aussah, hatte begonnen, sie nach
dem Unterricht auf ein Glas Wein einzuladen. Das
einzige Individuum, das sie weiterhin *hassenswert* zu
finden schien, war Jillian selbst. Also probierte sie
ihr Eisdielenlächeln vor dem Schlafzimmerspiegel
aus, und das Spiegelbild lächelte zurück.

Die Frage, ob sie Baba tatsächlich vergab – den
sie in Gedanken immer häufiger als *Weston* bezeich-
nete –, verlor an Bedeutung. Der Sinn von Verge-
bung war doch, eine Planke über den Abgrund zu legen, um voranschreiten zu können. Stattdessen hatte
ihr ehemaliger Seelenverwandter eines jener nüch-
ternen Sackgassenschilder aufgestellt, die Verkehrs-
teilnehmer darauf aufmerksam machen sollen, dass
die Straße endet. Ihre Gefühle gegenüber Paige, die
ja ebenfalls nie wieder Teil ihres Lebens werden
würde, waren ebenso irrelevant. Obwohl ein gewis-

ser Teil ihrer Seele bis in alle Ewigkeit schmerzen würde, wenn sie ihn streifte, war sie offensichtlich in der Lage weiterzugehen.

Doch während die Wunde des Verlusts ihres besten Freundes allmählich verheilte, klaffte ein anderes Loch in ihrem Leben immer weiter auf: Die hintere rechte Ecke ihres Wohnzimmers war und blieb leer. Sie hatte sich nie dazu durchringen können, den Sessel dorthin zurückzustellen und den Raum auf diese Weise wieder ins innenarchitektonische Gleichgewicht zu bringen. Was geschehen war, war geschehen. *Weston* hatte ihre Freundschaft aufgegeben, um seine Frau zu besänftigen. Doch eine andere Ungerechtigkeit konnte wiedergutgemacht werden.

An jenem Tag Ende Juli, dem Jahrestag eines großen Fehlers, schrieb Jillian folgende E-Mail:

*Lieber Weston,*

*ich hoffe, du hast nichts dagegen, dass ich auf diese Weise Kontakt mit dir aufnehme. Du fehlst mir manchmal, aber es geht mir gut, und ich will hier keine alten Geschichten aufwärmen. Ich vertraue darauf, dass du mit Paige sehr glücklich bist. Vor einem Jahr habe ich dir und deiner Verlobten ein Hochzeitsgeschenk gemacht, das mich sehr viel Zeit, Energie und Liebe gekostet hat. Die Materialien, die ich verwendet habe, etwa meine*

Weisheitszähne, sind unersetzlich. Deswegen ist es mir sehr schwergefallen, meine Arbeit wegzugeben, die buchstäblich mit meiner DNA übersät ist. Wenn sich die Dinge zwischen uns dreien anders entwickelt hätten, wäre ich immer noch hocherfreut darüber, meinem Werk ein neues Zuhause gegeben zu haben. Ein Zuhause, in dem es sicher wertgeschätzt worden wäre.

Du hast das Geschenk unter falschen Voraussetzungen angenommen. Das kann schon mal passieren. An jenem Abend aber, als ich es euch überreicht habe, hattest du bereits den Plan gefasst, unserer Freundschaft ein Ende zu setzen. Außerdem war dir absolut klar, dass deine künftige Ehefrau mich nicht leiden konnte. Was du mir jedoch verschwiegen hast, sodass ich mich zum Affen gemacht habe, weil ich immer davon ausgegangen bin, sie und ich hätten ein herzliches und harmonisches Verhältnis. Wäre ich zu jenem Zeitpunkt über diese beiden Dinge informiert gewesen, hätte ich dir den Aufrechten Kronleuchter niemals gegeben, der mir nicht nur nicht mehr gehört, sondern den ich nicht mal mehr besuchen kann.

Ich möchte ihn zurückhaben. Obwohl ich niemand bin, der Geschenke zurückwill, so wie die Indianer. (Paige würde die Formulierung nicht gutheißen, denn soweit ich weiß, ist dieser Ausdruck nicht

*mehr politisch korrekt; ich kenne aber auch*
*keinen, der ihn ersetzt hat.) Wir könnten eine*
*Übergabe organisieren, so wie viele Frisch-*
*verheiratete hässliche Keramikkäsetellerchen*
*zum Einrichtungshaus zurückbringen und sie*
*gegen einen Gutschein eintauschen. Ich würde*
*den Kronleuchter gegen ein Set netter Weingläser*
*oder so umtauschen, die ihr dann anschließend*
*zerschlagen könnt.*
*Auf jeden Fall kann ich mir nicht vorstellen, dass*
*Paige gern an jemanden erinnert wird, den sie*
*verabscheut. Ich halte es sogar für möglich,*
*dass ein intimes Andenken an unsere grausam*
*amputierte Freundschaft auch schmerzhaft für*
*dich sein könnte. Ich wäre sogar bereit, den*
*Kronleuchter selbst abzuholen, wenn ihr beide*
*gerade nicht da seid. Vielleicht könntet ihr einen*
*Schlüssel und entsprechende Instruktionen bei*
*einem Nachbarn hinterlegen. Ich würde sogar*
*die Luftpolsterfolie selbst mitbringen.*

*Mit freundlichen Grüßen*
*Jillian Frisk*

»Das ist so stillos«, verkündete Paige, die mit Westons Laptop in der Bettnische im zweiten Stock ihres
Hauses saß. Es war kurz vor dem Abendessen irgendwann Anfang August. »Okay, ab und zu wird eine

Hochzeit abgeblasen. In dem Fall gibt das Paar, wenn es ein bisschen Anstand hat, die Geschenke zurück – freiwillig, muss man dazusagen. Ich habe aber in meinem ganzen Leben noch nie von einer Person gehört, die ein Hochzeitsgeschenk übergeben hat und es dann *zurückfordert*.«

»Es ist schon etwas komplizierter«, sagte Weston zögerlich.

»Ist es nicht. Du möchtest immer alles verkomplizieren. Diese Sache ist ganz einfach. Es ist unverschämt.«

»Obwohl sie sich offensichtlich bemüht hat, diese E-Mail höflich zu verfassen, gebe ich zu, dass die Forderung an sich etwas gehässig ist. Also, was schlägst du vor? Nachdem ich jetzt weiß, dass sie uns dieses Ding nicht gönnt, habe ich meine Zweifel, ob es sich noch richtig anfühlt, es zu behalten.«

Paige gab ihm einen liebevollen Schubs. »Du weißt ja nie, was du fühlst. Wir könnten uns in einem Jahr wieder beraten und dann eine barometrische Messung an der babanskyschen Seele durchführen.«

Sie hatte recht. Seine emotionalen Reaktionen kamen immer zeitversetzt, als sei dabei eine verlängerte Version der siebensekündigen Verzögerung beim Radio am Werk, in der die Federal Communications Commission den Sendungsinhalt auf Anstößigkeiten überprüft. Er hatte es drei Tage lang aufgeschoben, Paige die E-Mail zu zeigen, weil seine

Gefühle dazu so gemischt und schwer auseinander-
zuhalten waren – eine Matschbrühe aus Angst,
Trauer und Ärger.

»Eines verstehe ich nicht«, fügte Paige hinzu.
»Wenn sie sich schon derart dumm anstellt, warum
hat sie dann so lange gewartet? Es ist jetzt ein Jahr
her.«

»Vielleicht hat auch sie eine Weile gebraucht, um
herauszufinden, was sie fühlt.«

»Das ist sehr nachsichtig von dir. Wie immer,
wenn es um Jillian geht. Ich hatte ja gehofft, dass sie
einfach mit ihrem Leben weitermacht, aber offenbar
hat die Sache die ganze Zeit in ihr gegärt. Sie hat diese
E-Mail immer und immer wieder in ihrem Kopf formuliert. Und schafft es trotzdem nicht, sich zu be-
herrschen! Dieser Satz, dass sie uns stattdessen ein
paar Gläser schenken möchte, die wir dann anschließend zerschlagen könnten. Daraus spricht eine Bitterkeit, als würde man einen doppelten Espresso ins
Gesicht geschüttet bekommen, ohne Zucker.«

In Wahrheit war die Bitterkeit wechselseitig. Diesen Ton in Paiges Stimme hatte er seit dem vorigen
Sommer nicht mehr gehört. Sie neigte sonst nicht
zu Gegenanschuldigungen oder Bösartigkeiten. Nur
Jillian Frisk konnte diese Reaktion bei ihr hervor-
rufen. Dann war es wohl am besten, seine Frau ließ
das Gift einfach heraus. Vielleicht sollte er für ein
Hausmittel dieser Art absolut dankbar sein. Die bloße

Thematisierung seiner alten Freundschaft sorgte wie ein warmer Wickel dafür, die Grollrückstände aus seiner Frau herauszuziehen.

»Und du hast gesagt, sie wäre höflich. Diese Herzlichkeit hier ist nichts als Betrug«, setzte sie über seinen Laptop gebeugt nach. »›Ich vertraue darauf, dass du mit Paige sehr glücklich bist‹«, las sie mit gezierter Stimme vor. »Und hier, sie kann es einfach nicht lassen, auf mir herumzuhacken. Von wegen nicht ›politisch korrekt‹, womit sie doch eigentlich nur verrät, dass sie kulturell auf dem Niveau eines Neandertalers stehen geblieben ist. Denn sie hat recht, man sagt nicht mehr ›Indianer‹, als wäre es überhaupt jemals okay gewesen, das zu sagen. Und wenn einem das klar wird, dann *schreibt* man es auch nicht mehr. Oh, und besonders toll finde ich, dass sie obendrein behauptet, sie wolle gar kein Indianer sein und ihr Geschenk gar nicht zurückhaben. Obwohl sie genau das will!«

Es war nicht der richtige Moment, um festzustellen, dass Paige gerade selbst ebenjenen Ausdruck verwendet hatte, den sie angeblich missbilligte. Er fand es merkwürdig, dass sie sich so über Frisk aufregte, wo sie sie doch in jeder Hinsicht besiegt hatte. Kurz hatte Weston geglaubt, sie würde einen Hauch von Mitleid – oder wenigstens Gleichgültigkeit – verspüren.

»Ja, und dann ist es auch noch *deine* Schuld, dass

sie sich zum Affen gemacht habe«, schimpfte Paige weiter. »Nur weil sie sozial so unsensibel ist, dass ihr nie auffiel, wie sie mir auf die Nerven ging. Und dieses Melodrama! Eure ›grausam amputierte Freundschaft‹, und dass ich sie ja ›verabscheuen‹ müsse. Anstatt zu schreiben, dass sie einfach nicht mein Fall ist.«

Diese kriminaltechnische Analyse der E-Mail war ohne Drinks nicht auszuhalten.

»Na ja«, wandte Weston vorsichtig ein. »Du hast immerhin gesagt, dass du sie auf den ersten Blick nicht ausstehen konntest und dass sich daran nichts geändert hat, nachdem du sie besser kennengelernt hast. Wenn das kein Verabscheuen ist, weiß ich auch nicht.«

»Unglaublich, dass du Wort für Wort zitieren kannst, was ich vor so langer Zeit gesagt habe.«

»War wohl unvergesslich.«

»Abscheu ist ein Gefühl, das dich auffrisst. Es kann sich wohl kaum gegen eine Person richten, an die ich nie denke.«

»Aha«, sagte Weston gedämpft. »Ich weiß, ich habe versprochen, nie wieder mit ihr zu kommunizieren. Doch auch wenn du die E-Mail übertrieben und unzutreffend findest, was deine Gefühle angeht, denke ich, dass sie eine Antwort verdient. Deswegen habe ich sie dir überhaupt gezeigt. Damit wir gemeinsam entscheiden können, was wir Jillian antworten.«

»Selbstverständlich hast du sie mir gezeigt. Sonst würden bei mir längst alle Alarmglocken schrillen. Du hast nicht etwa die ganze Zeit schon mit ihr geschrieben? Und zeigst mir diese E-Mail nur, weil es um uns beide geht?«

»Wir haben keinen Kontakt«, sagte Weston glatt. Er hätte es weiter ausführen, mehr Anstoß an Paiges Misstrauen nehmen oder seine Unschuld noch heftiger beteuern können, aber von allen Emotionen, mit denen er zu kämpfen hatte, sobald Frisk in ihren Diskussionen auftauchte, war Erschöpfung die vorherrschende, und er begnügte sich mit dieser kurzen Verneinung. »Die Sache ist die: Sie will den Leuchter zurück. Also soll sie ihn haben.«

»Spinnst du?! Es war ein *Hochzeitsgeschenk*!«

»Ich dachte, du magst den Kronleuchter sowieso nicht.«

»Ich mag vielleicht die Bezeichnung ›Kronleuchter‹ nicht, das stimmt. Denn es ist keiner. Das ist doch nur ein wichtigtuerisches, dummes Wort für ›Lampe‹. Aber auch wenn diese Lampe nicht wirklich mein Geschmack ist, ist sie mir ans Herz gewachsen. Oder wenigstens habe ich mich an sie gewöhnt. Außerdem haben wir das ganze Wohnzimmer umgestellt, um das Ding unterzubringen.«

In Wirklichkeit bestimmte Frisks Beitrag zu ihrem Haushalt mittlerweile die Inneneinrichtung des gesamten Erdgeschosses. Der Leuchter war der perfekte Anlass, um mit neuen Gästen ins Gespräch zu kommen, die ihre überschwängliche Begeisterung häufig noch mit unverblümtem Neid überboten. Bill aus dem Geschichtsinstitut hatte ihn mit Vergnügen zum »Palast der Erinnerungen« umgetauft, was er allem Anschein nach für äußerst originell hielt. Nun, da er der Erfinder dieses neuen Namens war, entwickelte er bizarre Besitzansprüche, als wäre er Museumsdirektor und hätte dieses Kunstwerk nur an sie verliehen. Das Licht, das von dem Leuchter ausging, war einzigartig sanft und warm, wie eine Umarmung, und Weston konnte sich nicht vorstellen, in dieser sonst so grellen Welt der Leuchtstoffröhren jemals einen adäquaten Ersatz zu finden. Es war immer noch seine Gewohnheit, in den frühen Morgenstunden neben ihm in seinem Schaukelstuhl zu sitzen und zu arbeiten, während das Licht aus den Fenstern der kleinen Coleman's-Senfdose drang und sich mit dem Schein seines Laptops vermischte. Ehrlich gesagt erinnerte ihn das Objekt immer weniger an Frisk, und inzwischen war er in der Lage, stundenlang dort zu sitzen, ohne ein einziges Mal an sie zu denken.

Dieses überraschende Eingeständnis brachte ihn dazu, Paige zu erinnern: »Es geht hier nicht um ein bloßes Ding. Es geht darum, wofür es steht. Frisk hat ihr Herz da reingesteckt, in diesen …«, fast hätte er *Kronleuchter* gesagt, ließ es dann aber lieber. »Für sie hat das Ding symbolischen Wert, es steht dafür, dass … na ja … dass sie uns ihr Herz zu Füßen gelegt hat. Auf dem wir in gewisser Weise herumgetrampelt sind, oder zumindest sieht sie es so.«

»Und siehst du es auch so?«

»Es ist nur … Ich habe fast den Eindruck, du willst es auf gar keinen Fall zurückgeben.«

»Da kannst du Gift drauf nehmen.«

»Und für Frisk wäre das so, als würdest du zum zweiten Mal auf ihrem Herz herumtrampeln.«

»Wenn wir schon bei der Symbolik sind: Das Geschenk steht dafür, dass Jillian einmal in ihrem Leben getan hat, was sich gehört, und einem langjährigen Bekannten ein wenn auch etwas eigenartiges Hochzeitsgeschenk gemacht hat. Willigen wir jetzt ein und lassen zu, dass sie es wieder an sich reißt, vermitteln wir ihr die Botschaft, dass die Regeln zwar für alle anderen gelten, aber nicht für sie. Dass sie sich nach Belieben alles rausnehmen kann und immer ihren Willen bekommt, während die anderen egal sind.«

Weston ließ den *Bekannten* an sich abgleiten. »Damals hast du aber nicht gesagt, dass du es *etwas eigenartig* findest. Du hast gesagt, es sei *absolut unangemessen* und eine *Zumutung* und ein *perläugiges Monstrum*. Du hast es sogar mit Tracey Emins Bett verglichen.«

»Jetzt tust du es schon wieder. Zitierst Wort für

Wort, was ich letzten Sommer gesagt habe. Bist du etwa heimlich rausgerannt und hast dir Notizen gemacht, damit du sie mir später unter die Nase reiben kannst?«

»Wenn diese Lampe irgendetwas symbolisiert, dann ist es meine Freundschaft zu Frisk. In einem Punkt hat sie nämlich recht: Es wird dich immer an sie erinnern. Wieso um Himmels willen hängst du so daran?«

»Weil es mich beunruhigt, dass du nach so langer Zeit, wegen einer beschissenen Achtung-dringend-Mail, immer noch nach ihrer Pfeife tanzt. Das wundert mich wirklich.«

»Dann hör eben auf, dich zu wundern«, sagte er verärgert, und tatsächlich wunderte ihn nichts mehr. *Dieser Leuchter erinnert meine Frau nicht nur an ihre Rivalin, sondern auch an den Sieg über sie.* »Was in aller Welt soll ich denn zurückschreiben?«

»Ich könnte diese E-Mail sofort verfassen: ›Liebe Jillian, was du verlangst, geht so weit über die Grenzen des Anstands hinaus, dass es absolut gar nicht infrage kommt. Ein Hochzeitsgeschenk ist für immer, genau wie meine Ehe. Leb wohl.‹«

»Ich muss mir das noch mal überlegen.«

Ihr Lachen hatte einen unangenehmen Unterton. »Jetzt ist aber einer geschockt.«

Weston hatte Frisk nicht ersetzt, oder wenn er sie ersetzt hatte, dann in gewissem Maße durch Paige. Die Vertraulichkeiten, die alltäglichen Anekdoten, die vielen Ambivalenzen, mit denen er rang, sogar die Kochrezepte, die Erfolg versprechenden und die enttäuschenden, teilte er nun mit seiner Ehefrau. So sollte es sein, nahm er an. Dieser Austausch – dieser Frauentausch, wenn man so will – hatte womöglich die Unterdrückung eines kleinen Teils seiner Persönlichkeit zur Folge gehabt. Das war ja der Sinn der Einsamkeit: das Unsagbare auszuloten. Allmählich wurde er zu einem jener Klischeegatten, die Nähe nur mit ihrer Angetrauten teilten, während Freundschaften – ausschließlich mit anderen Männern – sich in Gesprächen über Filme und Football erschöpften. Dabei interessierte sich Weston nicht einmal für Football.

Er interessierte sich immer noch für Tennis und war schließlich Mitglied des örtlichen Vereins geworden, den er sich inzwischen leisten konnte. Seine Tennispartner waren durchweg männlich, und sie spielten immer nach Handbuch. Langsam etablierte er sich in ihren Reihen. Nachdem er sich nicht mehr dreimal die Woche mit Frisk quasi nur erholte, war auch sein Aufschlag besser geworden.

Es war nicht optimal gewesen, seine Ehe mit einer Geste der Selbstaufopferung einzuläuten. Aber er hatte sich die Notwendigkeit des Frisk-Verlusts so oft vor Augen geführt, dass er inzwischen daran glaubte. Auch bei nüchterner Betrachtung war Paiges Forderung so berechtigt und ihre Begründung so stichhaltig gewesen, dass es ihn erstaunte, dass seine früheren Freundinnen nicht dieselbe Regel aufgestellt hatten. (Ein paar seiner Verflossenen hatten die Geschichte mit Frisk zwar auch suspekt gefunden, ihre Nörgelei aber auf ein Minimum beschränkt. Entweder hatten sie ihn nicht genug geliebt, um einen Streit vom Zaun zu brechen, oder ihnen war klar gewesen, dass er sie nicht genug liebte, um nachzugeben.) Und weil Weston eben Weston war, hatte er die Frage, ob er sich wegen Frisk schuldig fühlen sollte, aus jedem erdenklichen Blickwinkel betrachtet. Die Antwort lautete Nein.

Zwischenmenschliche Beziehungen folgten bekanntlich einem Kalkül, und manchmal musste man die Zahlen aus den Gewinn- und Verlustspalten eben mit dem kühlen Kopf eines Buchhalters zusammenrechnen. Als verheirateter Mann war er glücklicher. Auch wenn ihn ab und zu noch die Angst packte, es passierte seltener und hielt nicht mehr so lange an. Er war froh, seiner Suche ein Ende gesetzt zu haben, die sich sonst zu einer Eiterbeule ausgewachsen hätte – dafür hätte die Biologie schon gesorgt –, und so dem Schicksal entgangen zu sein, mit fünfzig endgültig als ewiger Junggeselle zu gelten, was ihm zwangsläufig auch den Ruf eingebracht hätte, seltsam, schwul, emotional instabil oder alles zusammen zu sein. Die Gebundenheit tat ihm gut.

Angeblich scherten sich nur Frauen um Geborgenheit. Dabei war sie auch allgemein ein ansprechender Zustand, und Männer konnten es sich in ihr ebenso gut bequem machen. Er genoss seine täglichen Routinen mit Paige wie die anschwellende, sich brechende Brandung während eines Urlaubs am Meer. Als kleiner Junge hatte er in Wilmington gewohnt, nur eine Autostunde von der Küste von New Jersey entfernt, und viele Stunden jenseits der Sturzwellen verbracht, um sich auf und nieder schaukeln zu lassen. Später übernahm er diesen Eindruck in sein Erwachsenenbewusstsein, sein Binnenland-Ich, und wenn der Preis dafür war, auf einen Dreimal-die-Woche-Rhythmus zu verzichten, dann war das eben so.

Nachdem sie wieder einmal das *Indianer*-Thema gewälzt hatten und Paige ins Bett gegangen war, schenkte er sich einen doppelten Talisker ein und schaltete den Kronleuchter an. Er war, ehrlich gesagt, überrascht, dass Frisk sich überwunden hatte, das Geschenk zurückzufordern. Denn Paige hatte recht: Es war stillos. Man hätte meinen können, Frisk würde sich zusammenreißen, und wenn auch nur aus Stolz.

Doch nach ein paar Schlückchen Whisky ergab alles einen Sinn. Stolz war in erster Linie ein soziales

Konstrukt, hatte also mit Zeugenschaft zu tun. Und warum sollte Frisk noch Angst vor seiner Geringschätzung haben, wenn sie eine Bitte vorbrachte, die unter ihrer Würde war? Von jenen quälenden Zusammenstößen im Stadtzentrum abgesehen, die keine richtigen Begegnungen waren und ihn wie beängstigend lebendige Erinnerungen heimsuchten, spielte Weston mittlerweile eine so winzige Rolle in ihrem Leben, dass er genauso gut hätte tot sein können. Ebenso wie sie selbst Zeugin einer Gemeinheit geworden war, die sein Bedauern auslösen könnte: Wie unvermeidlich die Trennung ihrer Wege auch gewesen sein mochte, Weston konnte sich trotzdem nicht davon überzeugen, dass Frisk es verdiente, so von ihm im Stich gelassen zu werden. Ob ihre Freundschaft nun unerlaubterweise von einer gegenseitigen Anziehung gefärbt gewesen war oder nicht, Frisk hatte tatsächlich nie wieder Anstalten gemacht, ihn zu küssen, nicht wahr? Sie hatte nicht versucht, ihn wieder ins Bett zu kriegen. Sie hatte sich nicht einmal eines Verkehrsdelikts schuldig gemacht, hatte streng genommen überhaupt nichts Falsches getan. Und doch war sie ausgiebig bestraft worden.

Somit musste Frisks vorübergehender Verdruss über Geschenke zurückfordernde *Indianer* von einem viel stärkeren Gefühl der Kränkung verschlungen worden sein. Oder der Bürde? Er schlug die Etymologien im Internet nach. *Bürde* hatte ursprünglich eine Gewichtseinheit bezeichnet, hing also mit *Last* zusammen. Das brachte es auf den Punkt. Er hatte ihr eine Last aufgebürdet.

Nur zur Erinnerung: Man folgt Konventionen, weil es einem wichtig ist, was Menschen von einem halten. Wenn Weston und Frisk keine Freunde mehr waren, dann hatte Frisk auch keinen Grund mehr, sich darum zu kümmern, was er von ihr hielt. Ihr mochte bewusst gewesen sein, dass es unverschämt war, das Hochzeitsgeschenk zurückzuverlangen. Na und? Westons Zurückweisung ihrer Freundschaft hatte sie von den Zwängen des Anstands befreit. Sie hatte keinen Grund mehr, eine peinliche Bitte zu unterdrücken oder sich für sie zu schämen. Denn Scham war ebenfalls ein soziales Konstrukt. Ohne Beziehungen gibt es keine Gesellschaft. Die Bande zwischen den beiden Parteien waren gekappt. Was zurückblieb, war ein bloßes Ding. Und Jillian Frisk hatte nichts mehr zu verlieren, selbst wenn sie seine hohe Meinung über sich aufs Spiel setzte, sie konnte nur gewinnen: den Kronleuchter.

Hier, in diesem Wohnzimmer, wiederholte sich dieses Muster. Weder er noch Paige hatten etwas davon, sich um Jillian Frisks Meinung über sie zu scheren. Unbestreitbar war, dass nur ein einziger Fauxpas unverschämter wäre als die Rückforderung eines Hochzeitsgeschenks, nämlich, es ganz scham-los zu behalten. Na und? Sie hatten nichts zu gewinnen, indem sie sich Frisks Gunst bewahrten, sie konnten nur verlieren: den Kronleuchter.

Am Ende unterschieden sich die beiden im Angriff begriffenen Fraktionen also nur in einem Punkt: Er und Paige waren im Besitz des strittigen Gegenstands, und Frisk war es nicht.

Gäbe er das Geschenk zurück, würde er es über die Leiche seiner Frau tun. Was hatte er davon, die gesamte Kritik einzustecken, wenn er als Entschädigung bestenfalls ein mickriges Dankeschön in seinem Postfach erwarten konnte? Und Weston gefiel der Kronleuchter. Es gefiel ihm, ihn so zu nennen, selbst wenn Paige noch ein paar Jahre brauchen würde, um mit der Bezeichnung warm zu werden. Das großartige, exzentrische Herzstück ihrer Wohnzimmereinrichtung war mit dem Wesen des Nurdachhauses untrennbar verwachsen, so als hätte es schon Wurzeln in die Eichendielen geschlagen, die Decke der Waschküche durchdrungen und sich um die Heizungsrohre geschlungen. Indem es so viele Kunstobjekte, Minidioramen und Naturwunder wie den Brachvogelschädel in sich barg, verströmte das baumartige Gefüge genug Weihnachtsstimmung, um den schallenden Refrain von *Kling, Glöckchen, klingelingeling* wachzurufen. Paige würde sich winden, um nicht durchblicken zu lassen, dass sie den Kronleuchter ebenfalls mochte, sehr sogar, und im Laufe der Jahre würde sie ihn nur noch mehr lieben.

Der Kronleuchter war kein Symbol. Seine Bedeutung war ihm an jenem Nachmittag entzogen worden, als Weston sich auf ihrer angestammten Bank auf dem Rockbridge-Platz zurückgelehnt hatte, um Frisk die schlechte Nachricht zu überbringen, deren lahme Darlegung dann so viel weniger Zeit in Anspruch genommen hatte als seine wuchernden Überlegungen davor. Sie würden alle drei weiterhin so tun, als wäre der Kronleuchter ein Symbol, obwohl er in Wirklichkeit zu einem Ding geworden war. Frisk wollte das Ding. Weston wollte das Ding. Unglaublicherweise wollte sogar Paige das Ding. Ein Ding, das man zu hundert Prozent besitzen will, wie die meisten Habseligkeiten.

Der Talisker war ausgetrunken. Und Weston verfasste die kürzeste E-Mail, die er nur verfassen konnte:

*Haben darüber diskutiert. Paige findet,*
*dass Forderung gegen soziale Konvention*
*verstößt. Werden uns weiterhin am Kronleuchter*
*erfreuen.*

Er unterzeichnete erst mit »B.«, änderte es dann zu »W.«, konnte das »W.« aber nicht ausstehen und unterzeichnete am Ende gar nicht.

Obwohl er die Nachricht kurz nach drei Uhr morgens abschickte, kam die Antwort sofort:

*Sie will ja nur ihren Skalp behalten.*

Er hatte es Paige versprochen, und das hier grenzte an Korrespondenz. Nachdem er nicht nur Frisks Antwort, sondern auch deren Gespenst im Papierkorb gelöscht hatte, schloss er rasch den Laptop, als sei er die Büchse der Pandora.

# »Furchtlos, unangenehm und politisch relevant.«

Lionel Shriver

## Eine amerikanische Familie

Roman

Aus dem amerikanischen Englisch
von Werner Löcher-Lawrence
Piper Taschenbuch, 496 Seiten
€ 12,00 [D], € 12,40 [A]*
ISBN 978-3-492-31400-8

*Cover- und Preisänderungen vorbehalten

USA im Jahr 2029. Der Dollar ist kollabiert und durch eine Reservewährung ersetzt. Wasser ist kostbar geworden. Und Florence Mandible und ihr dreizehnjähriger Sohn Willing essen seit viel zu langer Zeit nur Kohl. Als die Mandibles schließlich alles verlieren und in einem Park Unterschlupf suchen müssen, sind es nicht die Erwachsenen, sondern Willing, der mit Pragmatismus, Weitsicht und notfalls auch krimineller Entschlossenheit dem Mandible-Clan wieder auf die Beine hilft …

PIPER

Leseproben, E-Books und mehr unter www.piper.de